JN221971

朝鮮学校児童・生徒たちの詩と作文集

『コッソンイ』日本語版編集委員会＝編

花伝社

はじめに

ある日のできごとです。朝鮮学校の保護者からこんな話を聞きました。息子が、ネット上の心ない書き込みを見て「ぼくたちは生きていちゃいけないのかな」とつぶやいたと。

世の中に、生きていてはいけない子どもの命などありません。その子どもの一言は、今も私の胸の奥にしこりのように残っています。そして、仲間とともに学び、育ち合う朝鮮学校の子どもがそうなのならば、日本の学校や社会に点在している、在日コリアンの子どもや若者たちはどうなのだろうかと考えています。

本書に収録された子どもたちの詩と作文は、朝鮮新報社が主催している朝鮮学校児童・生徒たちの母国語による作文コンクール入選作品の一部です。在日朝鮮学生「コッソンイ」作文コンクールは、１９７８年朝鮮民主主義人民共和国創建30周年を記念して開催され、今年47回目を迎えます。「コッソンイ」は朝鮮語で「花」を意味します。

作文コンクールの対象は、日本の小学校に当たる初級部3年生から高等学校に当たる高級部3年生。学年ごとに作文と詩の部門があり（3年生は作文のみ）、おおよそ１００編が受賞作品に選ばれます。一等は朝鮮新報に掲載され、多くの読者に読まれ、すべての受賞作品が学友書房から発行される文集「コッソンイ」に収録されて、朝鮮学校児童・生徒に配布されます。

私は、この作文コンクールの事務局と審査に約30年間関わってきました。毎年、日本各地の朝鮮学校から東京の朝鮮新報社に１０００編あまりの応募作品が寄せられる秋になると、気持ちが引き締まる思いがします。子どもたちの力強く丁寧な直筆の原稿を見ると、鉛筆をにぎるやわらかな手や真剣な眼差しが目に浮かぶようです。子どもたちに朝鮮語の正しい使い方を教えるため力を尽くしている先生方や、子どもの健やかな成長を望み日々がんばって働いている保護者、そして学校支援に奮闘されている方々の顔も一つひとつ思い浮かべてみます。

日本の植民地支配により私たちの祖国は南北に分断されましたが、２０１９年韓国の市民団体「ウリハッキョ※と子どもたちを守る市民の会」により、『コッソンイ第1集――私たちは朝鮮学校の学生です』、20年に『コッソンイ第2集――私たちはまぎれもない朝鮮人です』、21年に『コッソンイ第3集――私たちは統一に向かって駆け抜けます』、23年に『コッソンイ第4集――私たちは屈しません』が出版されました。民族分断の歴史の中で、朝鮮学校児童・生徒作文集が、朝鮮学校で日常的に使われているままの言葉で韓国に紹介されたのは、はじめてのことです。表記の違いや、韓国では使用されない言葉については、注釈および解説を入れました。

本書『コッソンイ――朝鮮学校児童・生徒たちの詩と作文集』には、１９７９年から２０２

3年に書かれた詩と作文の中から、日本の読者にぜひ読んでもらいたい50編を選び翻訳しました。書籍出版に向けて、花伝社編集部長の佐藤恭介さん、「朝鮮学校『無償化』排除に反対する連絡会」共同代表の佐野通夫さん、朝鮮新報社社長の林王虎さん、ジャーナリストの朴日粉さんには大変お世話になりました。深く感謝いたします。

来年には、日本にある多くの朝鮮学校が創立80周年を迎えます。海を一つ隔てた最も近い国である朝鮮、韓国と日本との関係が少しでも良いものとなり、さまざまな背景をもつ子どもたちが、より良い環境でのびのび、いきいきと育っていけることを切に望んでいます。

２０２４年8月　キム・ユンスン

※ウリハッキョ：私たちの学校＝朝鮮学校

コッソンイ——朝鮮学校児童・生徒たちの詩と作文集◆目次

5　未来に向かって………175

1 現実を生きる

胸をはって着てみたい

リ・ウヒ（神戸朝鮮高級学校高２、２０１４年）

異国の地、日本
朝鮮学校の学生だからと
決して言いがかりをつけられてはなるまいと
いつも正しくあらねばと
緊張、緊張、緊張、緊張
緊張の中で育った私たち

トンジョン※もオッコルム※もすべてかくし
チョゴリを着てないふりをして
ピリピリした気持ちで通学する私たち

ある日、第二制服※を着た私のとなりで

堂々とチョゴリを着ていた友人に
突如あびせられた暴言

「そんなの着たかったら
『北朝鮮』に帰れ、死ね」

自分の国、自分の民族のチマチョゴリを
なぜ大切にしてはならぬのか
私はそう一言返すことすらできぬまま
友を置いて逃げ出した

となりにいた私にまで
冷たい視線が向けられそうで
言葉の刃が向けられそうで
私は罪のない友を非難した
なぜそんなに堂々とチョゴリを着るのかと

なぜ上着でかくさなかったのかと

けれど彼女は返事をせず
オッコルムを結び直し
「さぁ、急いで学校に行こう」と
明るく笑ってみせた

私のチョゴリはその日から
部屋のすみで眠ったまま

「チョゴリを着るな、
堂々と生きるな、
朝鮮人は下を向け」
私が友に放った言葉は
あの暴言と何がちがうのか?

目ざめよ、私のチョゴリ
目ざめよ、私の赤い血

私も胸をはって着てみたい
私もチョゴリを愛してみたい
私が守るべき誇り
チョゴリ
あぁ、私のチョゴリ！

※トンジョン：チョゴリの白いえりの部分
※オッコルム：チョゴリの胸元で結ぶ長いリボン
※第二制服：朝鮮学校では１９６０年前後から、女子生徒たちが自発的に民族衣装のチマチョゴリを着用しはじめたのをきっかけにチマチョゴリが制服化されたが、90年代に頻発したチマチョゴリ切り裂き事件を機に、ブラウスとスカートの第二制服が導入された

私の通学路

キム・ミフン（大阪朝鮮高級学校高1、2017年）

電車の中私を突き刺すするどい視線
視線の先には
体操服にきざまれた私の名前
「キム・ミフン」

その視線からせまりくる恐怖
その恐怖
再び波のように押しよせてこぬよう
その日の晩、家で
「安全」ピンでかくした私の名前
かくされた「キム・ミフン」

電車の中で私を突き刺すするどい視線
視線の先には
私の手にある朝鮮学校の教科書
それで持ちかえた日本語の教科書

自転車通学のみんなは私を見て
座れるから良いだろうと
勉強できるから良いだろうと言うけれど
それほど楽ではない私の通学路

私は知っている　私がしていることが
臆病者のすることだということを
同胞たちのように
私も闘うべきだと
私は知っている

けれど、

私は体操服を脱がなかった
教科書を置かなかった
私の通学路が
私がすることが
抵抗でありたかった

私の通学路が
私がすることが
明日への
通過道でありたかった

言い続けよう

コ・デギ（西東京朝鮮第二初中級学校中2、2017年）

おれは日本、町田でくらし
「朝鮮」国籍を持っていて
故郷を済州島にすえる一人の少年だ
よくよく考えると
おれの身の上は実に変わっている

人々がおれを変な目でながめては
「お前は一体何者だ⁉」と
聞くのも当然だ

そんな時おれは
面倒ではあるけれど

自分の変わった身の上話を
聞かせてやるんだ

まだおれらを知らないやつには
おれがいちいち説明してやるべきだ
歴史をろくに学べなかったのが
なぜそいつらのせいだと言えよう

おれらを思い通りにしようとするやつらには
おれがはっきり言ってやる
税金徴収時には「日本人」
補助金停止は「朝鮮人」
まったくうんざりだ

それで、おれはおれの身の上
いちいち、しっかり、筋道通り
聞かせてやるんだ

おれは
おれがくらす自然豊かな町田を愛し
三多三無※の島、済州島を思いえがき
日々発展する首都、平壌をいつも心にとどめる
「朝鮮人だ！」と

町田でくらして
平壌―済州島間に統一列車が走る日のため
朝鮮学校で堂々と学ぶ
「朝鮮人だ！」と

おれがあと、どれだけ言い続けるべきなのか？
おれが誰であるのかを
人々がおれを見て
「お前は一体何者だ!?」と言わず
やさしく手から差し伸べる日まで

今後も、今後も、言い続けよう

※三多三無：済州島に石、風、女性が多く、泥棒、乞食、大門がないことからこのように例えられた

スルー

リ・セフィ（神戸朝鮮高級学校高２、２０１７年）

またスルー
さらにスルー
カバンの中に何が入っているのか
それほどまで音楽に心うばわれているのか
高校無償化適用闘争をしているのに
おれが見えないのか
何人がスルーしていったか
無関心のかたまりが歩いていく
面倒くさそうなサングラスが歩いていく
すぐ横で説明してみても
虚しいだけのおれの声
朝鮮人だから

危ない国の人間だから
誤解が行き交う中
希望さえもがスルーする
100が通り
200が通り
300が通り過ぎたその瞬間
「何の署名ですか?」
おれの叫びが
その人をとらえた!
おれたちが正しいと、がんばれと
はげます日本人女性のその一言に光を見た
おれがしている闘いが間違ったものではないと
そう
日本人が無視するのは
おれらが悪いからではない
日本当局が朝鮮人を「認めがたい存在」としてきたためだ
おれらがあきらめて投げ出したら

永遠に得ることができない権利
おれらがどうしてこの問題をスルーすることができるのか
おれがおれ自身を黙殺してはいなかったか
闘いは無意味だと
やめても同じだと
日本当局と同じようにおれらが間違っているのだと
おれがスルーしてはいけない
おれたちがスルーしては絶対いけない
真っ暗闇なこの世の中
おれたちの一筋の希望の叫び
もう誰もスルーさせたくない

私たちの学校の「窓」は割れない

リ・アンナ（千葉朝鮮初中級学校中2、1999年）

朝

学校に到着すると
言葉が出なかった

私たちの学校の窓ガラスが
粉々になっていた
穴だらけの窓ガラス
あちこち飛び散った破片

私たちの学校が！
なぜ？
誰がやったの？

その瞬間、本部放火事件※の
おぞましい記憶が頭をよぎった

不安と恐怖
緊張、怒りが
とっさに体を包み込んだ
みんなの顔がこわばっている

たくさんの保護者が
学校に駆けつけた

一世のおじいさん、おばあさんが
憤激している
「子どもたちの学校を傷つけるなんて!」

壊された場所を
何度も歩きながら

支部委員長※が拳をにぎりしめる

胸の奥からわき出る感情
みんなが大切にしてきた私たちの学校
滅多打ちにするなんて
本当に絶対許せない
ガラスの破片をひろいながら考えた

悪いやつら、
いくら
朝鮮学校の窓ガラスを割ったって
私たちの「窓」を割ることはできない

異国の地
祖国の温かな日差しが差し込むようにと
民族の心が育つようにと
一世、二世、代を継いで

知性を尽くし築いてきた
幸せな教室、楽しい学校

どんな逆風のさなかでも
皆が手を取り守ってきた
盾になり
「窓」となって

悪いやつら、
いくら学校の窓を割ったとて
私たちの学校の「窓」は絶対割れない

※総聯千葉県本部放火事件：朝鮮民主主義人民共和国初の人工衛星打ち上げに対し、猛烈な反朝鮮・反総聯キャンペーンが繰り広げられていた最中の1998年10月15日未明、千葉朝鮮会館で宿直中の職員が何者かによって殺害され、放火された事件。会館内に総聯千葉県本部も含まれる

※支部委員長：市区単位のリーダー

氷のかたまり

キム・グァンソン（大阪朝鮮高級学校高1、2013年）

ぼくがにぎっている氷のかたまり
ひんやりと心地よい氷のかたまり

真夏の暑さを乗り越えろ
ぼくの手に置かれた
冷たい氷のかたまり

8月の猛暑に勝てず
しずくがポタポタ
ぼくの手の中で小さくなっていく
冷たい冷たい氷のかたまり

チラシを配りながら
「『高校無償化』適用、お願いします!」
大阪府庁の前で
精一杯呼びかける火曜日

「暑いけどがんばってな」
その日出会った見知らぬおばさん
朝鮮人?
日本人?

がんばれの言葉とともに
おばさんの手からぼくの手に
わたされた氷のかたまり

おばさんの手の温もりで
ぼくの手の温もりで
だんだん溶けてなくなった氷のかたまり

（ぼくらもこうなれば良いのに…）

もし、この氷が
日本人の凍りついた偏見なら
もし、この氷が
日本社会の凍りついた差別なら
ぼくの手のひらで
あっという間に溶かせるのに

ぼくの胸にみなぎる決意
この手で
明日を開くこの両手で
偏見の氷を溶かしたい
差別の氷を溶かしたい

母さん、笑って

ユン・サヤ（大阪朝鮮高級学校高1、2018年）

母さんが笑う
いつも笑ってばかりいる
忙しくても疲れていても
いつもいつも笑う

そんな母さんの顔に
特別な笑顔が浮かんだ
裁判所の前で満面の笑みを見せた
「勝訴」の前であふれんばかりの笑顔を見せた

特別な笑顔だった
——この判決は正しい

いつまでも笑っていた
――当然の結果だ

しかし、今日
母さんが笑わなかった
裁判所の前で涙を流した
「不当判決」の前で憤慨していた

母さんの笑顔を奪った者よ
あなたたちは知っているのか
私の母さんを知っているのか

三姉妹に朝鮮舞踊をさせるため
昼夜なく働く母さんだ
先生を手伝うため
土曜日には「バス当番」※を進んで引き受ける母さんだ

若いオモニ会※会長の悩みを聞くため
夜遅くまで受話器を置けない母さんだ

私のため、学校のため
「高校無償化」除外に反対する闘いの
先頭に立っている母さんだ

私は笑う
子どもたちの笑顔を奪うなと

今は険しい顔の
母さんたちの代わりに
これでもかと笑ってみせる
笑顔で朝鮮学校に通ってみせる

だから母さん
私を見て笑って

元気を出して笑って

※バス当番：幼稚班や低学年が利用するスクールバスの乗務スタッフ
※オモニ会：朝鮮学校の母親たちの集まり

教室で

ソン・チスン（西東京朝鮮第一初中級学校中2、1994年）

その日の朝、私は教室の自分の席に座って、ため息ばかりついていた。

「フー」（何度目のため息だろう？）

「昨日の夜、ニュース見た？」

「見たよ。心臓が凍りつくかと思った」

「今日、学校に来るかな？」

「休むでしょ」

「いや、来ると思う」

「でも…」

いつもは運動場で駆け回っている男子も、今日は教室で静かに話している。

（やっぱりみんな知ってるんだ…）

私は落ち着かなくて勉強どころじゃなかった。

（スニは本当に学校を休むかな？）

時計を見ると、もう予備チャイムが鳴る時間だ。となりのスニの席が空いているのが、私の胸を締めつけた。

キーンコーン。

予備チャイムが鳴った。

教室の後ろからスーッとドアが開く音がした。

みんなまるで約束でもしたかのように、一斉にドアの方に顔を向けた。

「スニ…」

私はとっさに立ち上がって駆け寄ろうとした。

みんなも「スニ、よく来たね」と温かく迎えた。

けれど、体操服姿のスニの顔色は悪かった。

喜んでいたみんなも、その場に立ち尽くした。

スニは言葉もなく席に座り、物思いにふけっているようだった。

聞いてみたいこと、かけてあげたい言葉はあったけど、とても話しかけられる雰囲気ではなかった。みんなもそっと近づき、スニの顔色をうかがった。私も同じように見つめるしかなかった。スニのあんなに暗い表情は見たことなかったから。

「スニ」

私はそっと彼女の名前を呼んでみた。

「大丈夫？」

スニは私を見てコクリとうなずいただけで口をつぐんだままだった。

（いつもニコニコしながら、みんなを笑わせてくれたスニが、明るい笑顔を見せてくれないなんて…）

私の胸の奥にも真っ黒な雲が広がっていくようで、居ても立ってもいられなかった。

スニは感情をなくした人のように動かなかった。

スニの気持ちを思うと、胸が押しつぶされそうになった。


チャイムに合わせて担任の先生が入ってきた。

先生は、昨日の下校時に起きた事件について、ゆっくりと話しはじめた。

「昨日、電車の中で、スニのチマ※が何者かによって切り裂かれました…」

急に教室がザワついた。

私は胸がドキドキした。

スニは遠くから学校に通っているから、電車を何度も乗り換えなければならない。

（私と別れたあとでチマを切られたのかな？）

昨日の別れ際のスニの姿が目に浮かんだ。

先生が話を続けた。

「スニのチマは…、60センチ以上にわたって切られました」

(え、60センチ…!?)

想像もできなかった。そんなに切られたなんて。怒りが込み上げてきてどうしようもなかった。

(誰が、誰がスニにそんなことをしたのよ!)

いますぐ、そいつをつかまえて滅多打ちにしたかった。

怒りが込み上げすぎて、涙まで出てきた。

スニは床を眺めるばかりで、顔を上げなかった。表情は一層曇っているようだった。

みんなも驚き、憤りを隠せないようだった。


「…今日から新しいチマが届くまで、しばらくスニは体操服で通学することになります」

先生がそう話した途端、スニの顔がゆがんだ。小さく揺れる肩、こらえきれず漏れる泣き声。

「スニ…」

私はそっとハンカチを差し出した。スニは声を殺して泣きじゃくっていた。

「スニ、泣かないで」

私も涙が込み上げてきた。

スニの悲しみは私たちの悲しみだった。

…トントン
静まり返っていた教室に、ドアを叩く音が響いた。

「スニいますか?」

チンスギのお母さんだった。

先生と何か話したチンスギのお母さんは、スニに近寄り風呂敷包をわたした。

「遅くなってごめんね」

スニが風呂敷を開くと、そこには新しい紺色のチマが入っていた。

「チマ!」

その日はじめて聞いたスニの声だった。

「急いで作ったから…体に合うかどうか」

チンスギのお母さんは、スニを立たせてチマを合わせてみた。

(チマだ、スニの新しいチマ!)

しおれかけていた花が、雨に打たれてまた生き生きと花首を持ち上げるように、スニにも笑顔が戻ってきた。

「昨日、知らせを受けてびっくりして電話をかけたら、スニが明日から着るチマがないと聞いて…」

(それでチンスギのお母さんは徹夜でチマを縫ったんだ)

「あんまり綺麗なできばえじゃないかもしれないけど…スニ、おばちゃんの気持ちだと思って着てね」

「私は…もう、あのチマチョゴリを着れないと思うと、涙が出て…、涙が出て…」

「スニはチマチョゴリが大好きなのね」

チンスギのお母さんは、スニの涙を拭いてあげながら話し続けた。

「ありがとう、おばさん。本当にありがとう」

チマを抱きしめて喜ぶスニの姿に、胸が熱くなった。

「スニは本当にいい子だね。作ったかいがあるわ」

チンスギのお母さんは、うれしそうにスニを見ながらたずねた。

「また悪いやつらがきたらどうする?」

(そう、またあんなやつらが現れたら、どうするんだろう?)

近頃、日本のマスコミは、朝鮮の「核疑惑」を取り上げて、連日ネガティブキャンペーンを繰り広げている。総聯※に対する弾圧も普通じゃない。

そうした宣伝に踊らされた一部の日本人が、私たち朝鮮学校の生徒たちに暴言を吐いたり、暴行する事件がひんぱつしている。

私は、ニュースでチマチョゴリが切り裂かれたとの報道に触れるたび、怒りを覚えてきたけど、これほどまでに身近なところで事件が起きるとは夢にも思わなかった。私も考えずにはいられなかった。

「私は…怖くないです。私は、切られたチマがかわいそうで…切られたチマを見たとき、私は大事な友だちを傷つけられたような気持ちになって…」

スニは静かに、でも節々に力を込めて話を続けた。

「このチマチョゴリを着ます。私に返ってきたのだもの。大切な友だち、大事にします」

チマチョゴリとは一体何だろう?

チマチョゴリは単純な制服ではない。

このチマチョゴリが、私たちの胸に民族の誇りをめばえさせ、自覚させてくれる。

チマチョゴリを大切に守っていくのは、私たちしかいない。

私は、自分のチマチョゴリをなでてみた。

限りなく尊く、誇らしいものに思えた。

「スニ、チマチョゴリを着てみて」

みんなも一緒に喜んだ。白いチョクサム※と紺色のチマが、陽の光を浴びて輝いていた。暖かな日差しが降り注ぐ教室に、笑顔の花がパッと開いた朝だった。

※チマ：女性の民族衣装のスカートに当たるもの
※総聯：在日本朝鮮人総聯合会の略称
※チョクサム：夏用の白いチョゴリ（女性の民族衣装の上衣に当たるもの）

守ろう！

リ・ファイン（東京朝鮮中高級学校中1、2017年）

2017年9月13日。

その日は、私たちにとって忘れられない日になった。

長い間闘ってきた高校無償化裁判の判決が出る日だった。私たちは、高校無償化を求める東京裁判で負けてしまった。この結果を聞いた在日同胞、高級部の先輩たちはどれほど悔しかっただろうか…。

裁判を二日後に控えた9月11日、私は、当時原告となった朝鮮大学校の先輩の話を聞くことになった。彼女は、私たちにこれまであったできごとや、感じたことを詳しく話してくれた。その話を聞いて、私は当時の高級部生たちが、困難を覚悟で今日まで闘ってきたということに衝撃を受けた。

その翌日には、私たちを支援してくれている長谷川和男先生が朝鮮学校を訪問され、全校生徒の前で貴重な話を聞かせてくれた。

ついに裁判当日を迎えることになった。高鳴る胸を押さえながら、私たちは現場に向かった。

東京地方裁判所の前に到着した私はとても驚いた。そこには、朝鮮学校の生徒と同胞たち、そしてたくさんの報道関係者らが大勢集まっていたのだった。

その大勢の人たちの中で、私たちを支援してくれている日本人が本当に多いのを見て、私は驚きをかくせなかった。その時までも、日本人に対する私の印象は、それほど良いものではなかったから。

私が初級部4年生の時、制服を着て学校に向かう途中、知らない日本の学生から「朝鮮人は死ね！」と罵声を浴びせられたことがあった。まだ幼かった私は、その日から日本人に悪い印象を持つようになった。これほどまで多くの日本人が私たちを支持し、応援してくれているということも知らずに。私はそんな自分が恥ずかしくなった。

複雑な気持ちを抱えたまま傍聴券を受け取り抽選場所に移動する途中、私にうちわを差し出す人がいた。裁判のために韓国から駆けつけた人たちだった。朝鮮半島と「勝利」という文字がかかれたうちわだった。それを見た私は、数時間後にはこの裁判で必ず勝利して、たくさんの人たちの顔に浮かぶであろう明るい笑顔を想像した。

ついに判決が下された。

裁判所から少し離れたところにいた私たちは、直接その瞬間を見ることはできなかったが、静けさを破る朝大生たちの悲鳴にも似た叫び声が聞こえてきた。その声はどんどん大きくなっていった。

日比谷公園に向かう途中で出会った同胞たちと卒業生たち、そして先生たちの顔に、私が数時間前に想像していた明るい笑顔は見つけられなかった。先生から聞かされたのはただ一つ。「裁判で負けた」ということだった。私は悲しみと、悔しさと、怒りで言葉を失った。ある人は、胸を叩きながら泣きくずれ、ある人はカメラの前で「日本人として恥ずかしい！」と叫んでいた。


この裁判結果に納得した同胞は一人もいなかっただろう。私はその日、この裁判を通して当時の原告となった62人の先輩たちだけが闘っているのではないということを、自分の目でしっかりと目撃することになった。

その日裁判所の前に集まった１５００人を超える人々はもちろん、全国のたくさんの人々の関心の中で行われた裁判だったからだ。

複雑な気持ちを抱えて帰路につこうとする私に、耳を疑いたくなる声が聞こえてきた。チマチョゴリを着た数人の高級部生たちが、日本語で会話をしているのだった。その声を聞いたとたん、私は正直腹が立った。たった今下された不当判決に、朝大生と母親たち、そして大勢の同胞たちが、裁判所の前で抗議を続けているというのに、当事者である私たちが、しかもチョゴリ姿で日本語を使うなんて信じられなかった。

しかし、それは高級部生に限った話ではなかった。電車の中で、日本語で会話をするクラスメートの姿も見えた。私はあまりにショックで注意することすらできなかった。

私たちの学ぶ権利を守るために、これほどまで多くの人々が闘っているというのに、朝鮮学校に通う私たちがこのままで良いのだろうか?

その時私は、数日前、大切な話を聞かせてくれた朝大の先輩と、私たちをはげますために全国行脚をしている長谷川先生に申し訳なく恥ずかしかった。

ふと、公園で先生が話していた言葉が頭に浮かんだ。

「私たちはまだ負けたのではない」

そう、私たちはまだ負けたのではない。私たちの闘いはまだ終わっていない。

初級部6年生の頃まで、高校無償化について関心を寄せることすらなかった私が、今は違っている。今はまだ分からないことの方が多いけれど、もっと自分のことととして知っていかなければと思っている。

今回の裁判では負けてしまったけれど、私たちの闘いは終わっていない。

私たちが皆、心の底から笑えるその日まで、引き続き闘い続けていくのだろう。

私も朝鮮学校で、私たちのことを守っていくためにがんばりたい。勝利を信じてこれからも!

2 私たちの学校

紙切れには

シム・ミナ（千葉朝鮮初中級学校初5、2014年）

母さんと遊んだよ
紙切れにクイズを書くの
「もし、お金をいっぱいもらったら?」

母さんなんて書くかなあ?
すてきな服?　家族旅行?
りっぱなお家?
そおっと紙切れを開いてみたよ

（あ!!）

そうだった

大雨が降ったバザー※の日も
冷たい床に座って物を売っていたっけ
古びた校舎が明るくなるよう
花壇の手入れもがんばっていたっけ

一番良いものを全部子どもたちにと
いつも私たちが一番だったね
そんな母さんが
書いた答え

それは
「全部学校にあげる」
紙切れを何度も見たよ

「母さん！」

母さんのあったかい胸に

キュッと抱きついた
私は母さんをとても尊敬してる

※バザー：国や自治体からの十分な補助が得られない朝鮮学校は、慢性的な財政難にさらされている。そのため、関係者たちがさまざまな形で学校運営を支えている

１円玉貯金

リ・ヨンス（東京朝鮮第四初中級学校初３、１９８３年）

「１円玉貯金をはじめます」

サンスが元気いっぱいに言いました。

ガラスの貯金箱を持って、サンスが教室を回ります。サンスの貯金箱の中に、みんなが１円玉を入れていきます。

一班でチャリーン、二班でチャリーン、チャリーン。１円玉が、ガラスの貯金箱の中に落ちていきます。みんな（今日はいくら集まったかな？）という顔で貯金箱を見ています。

「今日は昨日よりたくさんの人が入れてくれました。ありがとうございます」

サンスが言うと、みんなが拍手をしました。軽くて、丸くて、白っぽい１円玉が、貯金箱の中にたくさん入っています。


私たちのクラスで、１円玉を集めることになったのには理由があります。一つは、新しい学校が建設されるので「学校を愛する運動」を少しでも手伝おうというもので、もう一つは、私たち一人ひとりの力を合わせて団結しようというものでした。

私は（1円玉でそんな大きなことができるのかな?）と心配でした。けれど、1円はお金の中で一番小さいので、簡単に集められるとも思いました。

一日目は忘れた子が多かったです。それで貯金箱の係であったサンスが、少し悲しい顔をしました。二日目はチャンイルとリヘが貯金をしました。サンスはうれしくてニッコリ笑いました。その顔があまりにもおかしくて、みんなゲラゲラ笑いました。貯金箱をゆらす音までもとても明るかったです。みんな少し考えるようになりました。

1円玉を集めるのは簡単ではありませんでした。面倒くさくて嫌気がしました。それでも長く続けなくてはなりません。公園や道端に落ちていても、放っておかれていた1円玉です。お母さんの財布の中でも恥ずかしそうにすみにかくれているお金です。

ある日私は、私たちがやっている「1円玉貯金」についてお母さんに話してみました。お母さんは「良いことをしているね。小さなお金も地道に集めると、後には大きなお金になるんだよ」と言いました。

私のお母さんは、数年間もベルマークを集めています。父母会の委員であるお母さんは、他のお母さんたちと一緒に、いつもベルマークの小さな紙を一枚一枚大切に集めて、学校で使う物を手に入れようとがんばっています。夜遅くベルマークの整理をしているお母さんは、この仕事が、新しい学校で使う新しいものを手に入れるのに大きな助けになるんだよと言いながら、コツコツと作業を続けています。私はそんなお母さんを誇りに思っています。

お母さんは、どんなに小さなものも大事にする気持ちが一番大切だと教えてくれました。私はこれまで1円玉一枚をちっぽけだと思っていたのが恥ずかしくなりました。その日から1円玉を見ると、貯金箱を思い出し、ベルマークも頭に浮かびました。貯金箱の中に入っている1円玉が、友だちの顔のように見えました。1円玉一つにも、私たちの気持ちが込められていて、私たちも「学校を愛する運動」に参加しているお父さん、お母さんたちを手伝えると思うと、うれしくなりました。

私たちが集めた1円玉はまだ少ししかありません。だけど、朝になると「1円玉貯金」をコツコツはじめます。チャリーン、チャリーンという音に力もわき笑いも出ます。私は、小さな力でもこうして集めると、みんながもっと仲良くなれそうな気がしました。

私たちが集めた1円玉が、大きな山になればとてもうれしいです。その日まで、私とお母さんは競争します。私は、新しい学校が建つ喜びの日を指折り数えながら、これからも「1円玉貯金」を続けていきます。

円陣

キム・ジファン（東大阪朝鮮中級学校中3、2017年）

決戦をひかえたベンチの前で
円陣を組む
手と手を取り合い
互いの目を見つめる
そして
静かに目を閉じる

ほんの数秒のこの時間
みんなの気持ちが一つになる時間
どれほど汗を流したか
技をみがき合いながら
休みも忘れ走り続けた

理屈に合わない無理強いで
朝鮮学校を拒否した不当さに
果敢に立ち向かった同胞たち
ついに勝利を勝ち取った
次はぼくらが
朝鮮学校の意地を見せてやろう

にぎった手に力を込める
熱い気持ち
一つになる

「全国」に必ず
朝鮮学校の名を知らしめよう
さあ、決戦の競技場へ
「行くぞ!・」
「オー!・」

私の新しい机と椅子へ

キム・キョンナ（東京朝鮮第二初級学校初6、2007年）

8月31日、私たちの学校に全校児童分のピカピカの机と椅子が、きれいに並べられていました。

私は、新しい机と椅子を見た時、うれしい気持ちもしたけれど、ありがたいという感謝の気持ちの方をより大きく感じました。なぜなら、この机と椅子は、学校の土地問題を巡る裁判での勝利を記念して、朝鮮学校を支援してくれている日本の人たちが、私たちのためにプレゼントしてくれたものだからです。


私の新しい机と椅子へ。

机さん、椅子さん、あなたたちはここ東京第二初級に来たのね。

あなたたちは今日から、私の新しい机と椅子になるのよ。これからよろしくね。

これから、あなたたちがどのようにして、私の机と椅子になったのか話してあげる。

あなたたちは、ウリハッキョを支えてくれる日本の人たちが、裁判での勝利を記念して、私たちのために買ってくれたものなの。私は、あなたたちがウリハッキョに来てくれて本当にうれしい。

机さん、

私が以前使っていた机と椅子を見たら、きっと驚くでしょうね。前の机と椅子は、すべてよその学校や会社で使われていたお古をゆずってもらったものなんですもの。だから一つも新しいものがなかった。

新1年生が入学する時期になると、先生たちが一番状態の良い机を選んであげようと、とても苦労されたんですって。私が使っていた机もそう。卒業生たちの名前がナイフで刻まれていたの。そして落書きも…。

まさか私のおじいさん、おばあさんが使っていた机ではないだろうけど…。おじいさん、おばあさんたちは、もっと古い机を使い、教科書もなく勉強したという話を聞いたことがある。それに比べたらずっとマシだったのかもしれないけど、テストのたびに答案用紙に穴が空くかと思って、紙を机のあちこちにずらしながら書かなきゃならなかったの。

それで、私も卒業前に先輩たちの真似をして、自分の名前を刻んでおこうかとも思ったけれど、あなたのようにまっさらな机にどうしてそんなことができるかしら。

あなたを見るたびに私は、自然に笑いが出てきてしまう。あまりにもうれしくて…。

もうしばらくすると、ここにどっしりとした新しい校舎が建てられる予定なの。その校舎にあなたたちがそのまま引っ越すことになるわ。うらやましいな。私も新しい校舎で勉強したかった。雨漏りがしない校舎で、歌をうたって、楽器も弾いてみたかった。

でもね、机さん、椅子さん、
私がこの古い校舎を嫌いかというと、そうではないのよ。
校舎のあちこちにおじいさん、おばあさん、そしてお父さん、お母さんたちの血と汗が染みついているここが、とても気に入ってるの。
友だちの笑い声が聞こえて、弟や妹たちが騒いでいる教室が好き。あなたたちにも聞こえるでしょう？　雨の日になると、低学年の子たちが講堂で鬼ごっこをしている声が、縄跳びをとぶ音、さらに一輪車に乗る愉快な声が。私たち6年生が小テストの勉強をする声、みんなでお喋りしている声も。

机さん、
昼休みにご飯粒を落としたり、お茶をこぼして汚してしまってごめんね。
間違えた字を消すたびに、消しゴムのカスを散らかしてしまってごめんね。
掃除の時間にあなたを運ぶ時に、重いからといって「ドン！」と下ろしてごめんね。痛かったよね。

卒業の日まで、あなたたちを大切に扱うね。
あなたたちと一緒に、一生懸命勉強するね。

雪の日

チョ・ユファ（千葉朝鮮初中級学校初5、2009年）

あー、寒い
曇った窓ガラス
手のひらでこすると
外は真っ白　雪の世界
わー、雪！　雪だ！

大急ぎでご飯をかき込み、家を飛び出た
こんな日
バスは遅れて電車も止まる
みんな学校に行くのが大変だ

坂道を雪を蹴とばし上がっていく

せまい道は転ばぬようにと
腰を落としてそろそろと
雪の音だけサックサク

いつの間に体中がポカポカし
マフラー、手袋、外して
急げ急げと私は走る
まっさらな雪道を

やっと校門にたどり着いた
一人また一人
友だちがやってくる
真っ白な雪の学校に

私たちは互いに目配せし
運動場に向かって
力いっぱい駆け出した

雪だるまを作ろうか
雪合戦をしようか

私が気づいたこと

キム・レア（四国朝鮮初中級学校中2、2016年）

中級部入学式の日。

チョンファンを見た私は目を見ひらき、一瞬何も言えなかった。

チョンファンは初級部1年生。私の中級部入学と同時に朝鮮学校に入学した。

チョンファンは車椅子に乗っている。体がとても不自由なのだ。思い通りに歩けないし、一人で食事もできないし、息を吸うことすらままならず、喉に穴を開けて人工呼吸機をいつもつけている。そのチョンファンがウリハッキョに入学した。

新しいチマチョゴリを着たうれしさのとなりで、いっときも頭の中から離れなかったチョンファンの姿。

（チョンファンはどうやって学校に通うんだろう？　勉強はともかく、学校生活はどうするんだろう？）

私は、チョンファンを見て、これまで抱いてきた医者になりたいという夢をかくそうかと思った。

私の中級部生活のはじまりと同時に、チョンファンの初級部生活もはじまった。チョンファンは一ヶ月に三、四回学校に来て低学年と一緒に活動する。まだ下級生たちの世話をすることに慣れていなかった私は、低学年の面倒を見れず、みんなが跳び回るのをただ遠くから眺めているだけの頼りない上級生だった。

（私が低学年の時は、お姉さん、お兄さんたちがたくさんお世話もしてくれて、遊んでくれたっけ…）

だけど、私にはチョンファンのお世話をする勇気がなかった。そんな私より、かえって低学年の子たちの方が、先生の後についてチョンファンの手をにぎってあげたり、あいさつをしたり、頬をさすってあげたりしているのだった。

中央口演大会※で誇らしげに医者になりたい夢についてスピーチをした私が、チョンファンに声もかけられないなんて…。

私がちっともチョンファンに近寄る勇気を出せずにいるまま、ただ時間だけが過ぎていった。

春遠足の日がやってきた。もちろん、チョンファンも一緒に参加した。

友だちと下級生たちはすべり台やダンボールで作ったソリに乗って遊んでいる。私はやっぱりチョンファンがどう楽しむのか気になり、チラチラとチョンファンの姿を追っていた。

チョンファンは先生に抱かれて、みんなが遊ぶ声を聞きながら穏やかに過ごしていた。

その時だった。どこからか1年生の泣き声が聞こえてきた。チョンファンを抱いていた先生が「レア！　チョンファンちょっと抱いてて」と叫んだ。

私はドキンと跳び上がる自分の心臓の音を聞いたようだった。そしてチョンファンに駆け寄った。

間近でチョンファンを見ると、恐れと不安が押し寄せてきた。それでも、チョンファンは私が見なきゃと手を差し出した。私はチョンファンを抱いてみた。想像していたよりも重くて、慣れていない私には結構大変だった。それでもチョンファンは、私が思っていたより温かくて、かわいくて、目がキラキラ輝いていた。そんなチョンファンを見ると、これまで私が抱えていた不安と恐れがすっかり消えてしまったように感じた。

「チョンファン、お姉ちゃんだよ！　レアだよ！」

私は、チョンファンを抱けたのがうれしくて、チョンファンの顔を見ながら鼻歌までうたっていた。チョンファンを抱いていくらも経たないうちに先生が戻ってきた。

「レア、ありがとう。わあ、チョンファンが笑っているね。チョンファン、レアが好きなの？」

私はうれしくて、もっとチョンファンを抱いていたかった。そんな気持ちとは裏腹に、私の右手は悲鳴をあげていたけれど。

チョンファンを抱えた先生は、「レア、チョンファンは身体が不自由でもこうしてがんばってウリハッキョに通って、みんなと過ごすのがうれしいと笑っているでしょ。チョンファンが一生懸命生きているのだもの、私たちみんな、何でもがんばらなくちゃね?」

付き添いできていたチョンファンのお母さんも、「チョンファンは言葉も話せないし、自力で呼吸も、食事も、存分にできないけれど、ウリハッキョでみんなと一緒に遊びながら、一緒に成長していくから、レア、これからもよろしくね」と言った。

(そっか…。私も下級生たちのお世話をして、チョンファンに負けないように、一生懸命勉強しなきゃ)

「はい! 先生、チョンファンのお母さん、任せてください!」

私は何の不便もなくウリハッキョに通えている。それに気づかせてくれたチョンファン。チョンファンは言葉を話せなくても、私に気づかせてくれるもの、伝えてくれるものがとても多い。きっと、これからもそうだと思う。

私もチョンファンのように、自分の姿で人に何かを伝えられる人になりたい。勉強も、部活も、少年団活動※もっとがんばって、どんなことでも選り分けず挑戦してみたい。そして、人々に元気と勇気、笑いを与え、困っている人を精一杯手伝えるそんな人になりたい。

私は、チョンファンがまたウリハッキョに登校してくる日を、いつも指折り数えて待っている。

※中央口演大会：全国朝鮮学校児童生徒を対象にした、朝鮮語によるスピーチ、漫談、才談、演劇、詩の朗読などのコンテスト

※少年団活動：朝鮮学校の高学年から中級部の児童生徒が行う自治的な活動

ひと夏のセミのように

キム・リョンファ（東北朝鮮初中級学校中3、2011年）

真夏の8月
ミーンミーン
今日もセミが鳴いています
一生懸命鳴くその声が
今年は特に私の胸をえぐります

セミはこの世に這い出して
一週間で死ぬのだそうです
そして命尽きるその瞬間
ミーンミーン
最も強く鳴くそうです

残された時間が短いことを知っているから
人の百年より
亀の万年より
ミーンミーン
より強く美しい瞬間

私に与えられた時間も
あと半年だけになりました
ひと夏のセミのように
より強く鳴かねばならない
そんな時がやってきました

地球上に記憶されることすらない
セミの一週間のように
私が過ごした9年間も
朝鮮学校の歴史の
わずか1ページだけれど

私は最後まで懸命に学び
後輩たちの中に変わらぬ姿で
永遠にウリハッキョに残ります

ミーンミーン
ミーンミーン
世代を超えて鳴き続ける
ひと夏のセミのように

お願いだから来ないで

チェ・リョンラ（群馬朝初中級学校初6、2013年）

台風、お願いだから来ないで
明日だけは来ないで
次の週ならまだしも
明日だけは絶対やめて

ちょっと聞いてよ、台風
私がダメだという理由
6年生は二人だけ
私とソンランの二人だけ

なのに私はけんかをしたの
友だち多ければ気にならないけど

クラスメートは一人だから
一度のけんかが学級崩壊

私から言うか、ソンランから言うか
「ごめんね」の一言
考えるほど苦しくなる私の気持ち
時間が経つほど重くなる

だけどその時、一筋の光
時間割に書かれた図工の文字
まるで私を助けてくれるように
その二文字が微笑んだ

悲しい日も辛い日も
自然に元気になる5年生との合同授業
やんちゃ集団の5年生だけど
甘えん坊の5年生だけど

こんな時は頼りになる

だからお願い
お願いだから、台風
これからは絶対けんかをしないから
明日だけは学校に行かせて
お願いだから群馬に来ないで

お父ちゃん

ホ・キナム（東京朝鮮第三初級学校初4、1981年）

何日か前にあった、東京の分会※対抗ソフトボール大会で、ぼくたち上町分会が優勝しました。次は関東大会でも一等になるといって、分会長になったお父ちゃんは鼻たかだかです。お父ちゃんは今夜も、分会の仕事に出かけていきました。ぼくはそんなお父ちゃんを見ながら、胸がいっぱいになります。お父ちゃんをみんなに自慢したいです。

ぼくは小さいとき山で育ちました。お父ちゃんがダム工事の土木仕事をしていたためでした。お母ちゃんは飯場で忙しそうに働いていました。それでぼくは、タヌキや、ウサギや、カエルを友だちにして、いつも一人で遊んでいました。一人で遊んでいるうちに、ヘビに出会ってドキッとしたこともありました。寒いときにはタヌキをつかまえて、タヌキ汁を炊いて食べたこともありました。深い山の奥だったため、保育園や幼稚園のようなところには通えませんでした。たまにお父ちゃんが、サッカーや野球をして、一緒に遊んでくれました。

お父ちゃんは歌がとても上手です。ぼくもお父ちゃんに似てか、歌が大好きでした。それでいつも大きな声で歌をよくうたいました。

お母ちゃんは飯場の仕事でいつも疲れているようでした。お父ちゃんは、土木現場に出かけていって、日が暮れると帰ってきますが、その後はいつもぼくと一緒にお風呂に入ってくれました。お父ちゃんとお母ちゃんは、毎日早く布団に入りました。一日中力仕事をしているため、体がとても疲れているようすでした。

山から降りてきたぼくたちは、東京に引っ越しました。お父ちゃんの仕事を探して、ぼくを学校に入学させるためだったそうです。引っ越してきた家は、東京朝鮮第三初級学校のすぐ目の前にありました。

ところが、東京に出てきた後、お父ちゃんはずっと遊んでばかりいました。もともとビールが好きだったお父ちゃんでしたが、東京に来た後もっとたくさん飲むようになりました。お父ちゃんには友だちがたくさんいました。お酒を飲んでいるうちに、すぐに友だちになるようでした。お父ちゃんは、男はつき合いが大事だ、と言って、夜になると遅くまでどこかに出かけていきました。ぼくはお父ちゃんが出かけると、さびしくもあり、心配でもありました。お母ちゃんは夕ご飯を作って働きに出かけるのですが、お父ちゃんまでどこかへ行ってしまうと、ぼくと幼い弟のキガンの二人で留守番をしなくてはなりませんでした。

ぼくは心の中で（お父ちゃん、どこに行くんだよ。行かないでよ。お母ちゃんが一人で苦労しているのに…、お父ちゃん早く帰ってきてよ）とよく思うのでした。

たまに家にいるときもあったけれど、家にいないときの方がずっと多かったのです。それでもお父ちゃんは、ペンキぬりの仕事を一生懸命することもありました。そんなお父ちゃんが、いつごろからか少しずつ変わっていきました。1981年1月1日のことでした。新年を迎えたので、ぼくは新年のあいさつをしようとお父ちゃんを探しました。しかし、お父ちゃんはいませんでした。いつも遅くまで寝ているお父ちゃんが、どうしたことか早起きをして、すでに家を出た後だったのです。ぼくはそのわけを知りたくて、お母ちゃんに聞いてみました。お母ちゃんも出かける準備をしながら「キナム、お父ちゃんは学校をきれいにしようと、ペンキをぬりに行ったのよ。あなたのお父ちゃんは、あなたたちの学校をとても大切に思っているの」と言いました。ぼくはとても驚きました。(ぼくのお父ちゃんが、ウリハッキョを大切に思って、ぼくたちが明るい教室で勉強できるよう、ペンキをぬってくれていたなんて…)本当に夢のようなできごとでした。

ぼくはお母ちゃんと一緒に学校に行って、お父ちゃんの仕事を手伝いました。ぼくは、お父ちゃんの顔をのぞき込んでみました。お父ちゃんの顔は、いつもとはちがって、輝いているようでした。寒い冬の日、それもお正月にストーブもない教室で、お父ちゃんは寒いのも忘れて、かべや、天井や、学校中をペンギできれいにぬっていていました。

真っ白に一度ぬって、全部かわいたころ、またその上からペンキをぬるのです。お父ちゃんの腕前は大したものでした。お母ちゃんと、ぼくと、キガンは、お父ちゃんをたのもしく思いました。そのときの姿が、今でも目の前にあざやかに思い出されます。

お父ちゃんは、ボロボロになった学校を見て、教室とろうかのかべは、自分が一人で全部きれいにしてやると校長先生に約束したそうです。お金がある人はお金を出し、知識がある人は知識を出し、力がある人は力を出して、おじいさん、おばあさんたちが朝鮮学校を守ってきたのだと先生が話していたけれど、ぼくのお父ちゃんは力を出したのだと思いました。

お父ちゃんは、昼には自分の仕事をして、子どもたちがみんな帰った夜や日曜日に、一生懸命ペンキをぬりました。以前に比べたら、お酒も少しだけしか飲まないようになりました。あるときは疲れたのか、家に帰ってきてすぐに寝てしまうこともありました。しかし、お父ちゃんは一度はじめたことは、最後まで自分の力で責任を持ってやらねばと言いながら、コツコツと学校に行き、ペンキをぬり続けました。お父ちゃんが使ったペンキの缶はいくつになるのか分かりません。1階から3階まで12の教室のかべと天井、ろうかの天井とかべ…。

お父ちゃんは、先生たちのすいせんで朝鮮新報に紹介されるという話を聞いたとき、そんなことをするのなら、自分はもうこの仕事はしない、と最後まで遠慮していました。

暖かいある日のことです。校長先生が朝礼で、ぼくのお父ちゃんをほめてくださいました。
「3年1組のホ・キナムさんのお父さんは、みなさんが明るくきれいな教室で勉強できるようにと、寒い冬の日にも、休みの日にも、一生懸命ペンキをぬってくださいました…。みんなでこれからも、学校をより大切にし、きれいにしていきましょう」
ぼくはそのとき、とてもうれしかったです。一人空をひらひら舞って、世界中の人たちに(ぼくのお父ちゃんは、学校をきれいにするために、一生懸命働いたんだよ)と、本当に自慢したかったです。家に帰ってその話をすると、お父ちゃんもお母ちゃんもすごく喜んでくれて「ただ、学校を大事に思ってしたことなのにね…」と照れていました。

お父ちゃんのことが紹介されると、上町分会のたくさんのおじさん、おばさんたちが、一緒にペンキぬりをしてくれるようになりました。みんなが、キナムのお父さんを見習って、学校を愛する運動にはげまなくてはと、こぞって立ち上がったのでした。お父ちゃんは、今度は上町分会のおじさんたちと一緒にペンキぬりを始めました。お父ちゃんが分会のおじさんたちにやり方を教える先生になって、おじさんたちはお父ちゃんに習いながら、きれいにペンキをぬりました。先生たちも、ブラシで天井のほこりを払い、お父ちゃんたちの仕事を手伝ってくれました。

こうしてお父ちゃんは、一年あまりで学校のすみからすみまで、それはそれはきれいにペンキぬりをやりとげたのでした。その後、お父ちゃんは分会の仕事によく出かけるようになりました。以前はお酒を飲んで遅くまで遊んでいましたが、今はそうではありません。最近では分会の集まりにも欠かさず参加して、ウリナラ※についての勉強もがんばっています。

お父ちゃんは今年の4月、分会総会で分会長に選ばれました。支部※の先生たちと、分会のほかのおじさん、おばさんたちが、お父ちゃんを分会長にすいせんしてくれたそうです。一番うれしい4月に、ぼくたちはもう一つ一番うれしいできごとを迎えることになりました。ぼくのお父ちゃんと一番なかよしの、ソン・ウォニルくんのお父さんが、上町分会の副分会長になったのです。ぼくのお父ちゃんとウォニルくんのお父さんが、分会長、副分会長になったので、上町分会の活動が盛り上がってきたと同胞たちも言っていました。夏に川遊びに出かけたときには、上町分会の同胞だけで大型バスがいっぱいになりました。お父ちゃんはバスの中でマイクをにぎって、下手な朝鮮語であいさつをしたり、歌をうたったりしていました。

お父ちゃんは一週間に5日は分会のおじさんたちの家と、民団※、未組織※の同胞の家にも訪ねていき話をしたそうです。小学校5年生のときにお母さんを亡くし、中学校しか出ていないお父ちゃんが、今では祖国統一のために働く総聯の分会長になって、朝鮮人としての誇りを持てず日本人のように生きている同胞たちの家を訪ねて、民族の心を取り戻して生きていこうと気づかせてくれる素晴らしい仕事をしています。ぼくはお父ちゃんがペンキぬりをしたり、分会長になれたのは、ウリナラを大事に思い、ウリハッキョを大切に思う気持ちがあったからであるし、総聯がお父ちゃんを正しくみちびいてくれたからだと思っています。上町分会は、10月にあった分会熱誠者大会※で、「模範分会」のペナントをもらいました。ぼくのお父ちゃんは、「模範分会」の分会長になったのです。それで今は、「300日間愛国革新運動」でみんなの模範になろうとがんばっています。

以前はお父ちゃんがどこかへ出かけていくと、心配もしたし、さびしくもありましたが、今そんな心配は一つもありません。「お父ちゃん、お疲れさまです。分会の仕事をがんばってください」と、うれしい気持ちでお父ちゃんを送り出しています。

※分会：町村単位の集まり
※ウリナラ：私たちの国＝朝鮮半島の北と南にある国
※支部：市区単位の集まり
※民団：在日本大韓民国民団の略称
※未組織：いずれの民族団体にも属さない在日コリアン
※分会熱誠者大会：町村単位の活動に熱心に取り組んだ人たちの大会

3年後の下級生たちへ

キム・ヒョン（東京朝鮮第二初級学校初5、2008年）

東京第二の下級生のみんな
元気に過ごしてる？

もうそこ枝川には
素敵な新校舎がどっしりと建っているんだろうね

ピカピカの窓ガラスに
ツルツルの床
広い体育館に
プールもあるかな？

私は新しい校舎を思い浮かべながら

初級部時代を過ごしたの

私が通った校舎は
もうないだろうね

卒業生が敷いてくれた
緑色のタイルの床

お父さんたちが塗ってくれた
教室の壁

雨漏りする天井
ひびが入った床

それでも私は
その校舎が好きだった

おじいさん、おばあさんの
真心が込められた

お父さん、お母さんが
苦労の中守ってきた

あの古い校舎が
すごく懐かしい

大好きな下級生のみんな
新校舎を大事にしてね

これから先10年、20年、いや、１００年
私たちの学校を守っていこうね！

私たちの校舎

ソ・ガンシル（東北朝鮮初中級学校中2、2011年）

「先に着替えて食堂に行ってるね」

5時間目の終わりを告げるチャイムが鳴ると、私は軽い足取りで更衣室に向かった。その日は一年間の授業を締めくくる日。最後の6時間目は家庭の授業で、お菓子作りをする予定になっていた。体操服に着替えて、私は食堂に駆けていった。その時はまさかこんな平凡な生活が、あっという間に崩れることになるとは思いもせずに。

（こうなることを知っていたら、私は急いで校舎から出なかったのに…）

私は本気でそう思った。

食堂でクラスのみんなと家庭科の先生が協力してお菓子を熱心に作った。できあがったものを一つずつ分けて食べていて、残った二つを誰が食べるか、みんなでジャンケンをしていた時だった。床が揺れはじめた。

「地震だ！」

左右に大きく揺れる大地、壁から落ちて壊れた時計、倒れる冷蔵庫、割れる窓ガラス、そして校舎から聞こえてきた悲鳴。1時間にも思える長い時間、ようやく地震がおさまると、私たちは食堂を出て校舎の前の運動場に集まった。

幼い子たちは「オンマー！」と言ってわんわん泣いているし、中学生たちも怖くて涙を隠せなかった。

その日から約一ヶ月間、私たちは試験も受けられないまま、期限のない休校に追い込まれた。

やっと電話が通じるようになったある日、私は校舎がどうなっているのか先生に聞いてみた。先生は、教員室の壁が崩れ、東側の校舎は傾き、いたるところにひびが入ってとても使える状況ではないと話した。

それでも、自分の目で確かめるまでは、私はその事実を信じたくなかった。私はインターネットでウリハッキョの写真を探した。

(これが本当に私たちの校舎だなんて？)

信じられない現実に言葉を失い、私はその写真を見つめ続けた。

4月12日、待ちに待った入学式の日がきた。

卒業式以降、一度も会えずにいた友だちと久しぶりに会うと思うと、心は飛んでいきそうだった。私は胸の高鳴りを抑えることができなかった。

校舎が使えなくなったため、代わりに寄宿舎棟を利用して勉強することになったと聞いていたからだった。

(教室はどんな風になっているのだろう? 狭いかな? 黒板はあるかな?…)

いろんな思いが私の頭の中を回っていた。

私たちの教室は、ホワイトボードと教卓、机と椅子でいっぱいで、一言でいって本当に狭かった。

机と机の間を通るのもやっとのことだった。

けれど、こうしてまた学校に通えるということが、各地の同胞たちの愛情あってのことで、ホワイトボードも靴箱も、全て同胞たちからの贈り物だと知っていたので、私はこの教室が本当に大切に思えた。そして、友だちが誰一人ケガをせず、再びこうして出会えたことに幸せを感じた。その日から寄宿舎棟の校舎での生活が始まった。

ある日のことだった。私の耳に校舎解体の話が舞い込んできた。その時はあくまでも噂だろうと気にもとめずに聞き流していたが、それは事実とのことだった。

震災があった日に、何も考えず慌てて校舎から出てきた日のことが再び私の胸を締めつけた。

(こんなことになるとわかっていたら…)

私の頭の中に七年間の思い出が浮かんできた。初めて「아、야、어、여…」※を習った1年生

の教室、ウリハッキョにずっと通いたいと言って先生の前でわんわん泣いた面談室、がむしゃらにカヤグム※の練習をした民族器楽部室、実験に失敗して大笑いした理科室、ストーブを中心に丸く座って恋愛話に花を咲かせ、試験勉強や誕生日会、「一発芸」大会をやった、私たちの楽しく居心地の良かった教室…。たくさんの思い出が詰まった私たちの大切な校舎。

私は、41年間東北同胞コミュニティが守り抜いてきた私たちの校舎を、そのまま見送ることができなかった。元通りにするのは不可能でも、最後のあいさつくらいはきちんとしておきたかった。


二学期の始業式前日のことだった。

担任の先生が「9月はじめに校舎が解体されるので、その前に一度だけみんなで校舎を見学できることになりました。最後のあいさつをしましょう」と話した。私の一番の願いが叶えられた瞬間だった。

9月9日午前9時。

私たち東北初中の全校児童生徒は校舎に入った。私は絶対泣くまいと心に決めていた。これが最後なのに、涙で別れるなんて私も悲しいし、みんなも悲しいし、校舎だってきっと悲しむと思ったからだ。

まずはじめに一階理科室を見た。先生が「壁や机に一言書いてもいいよ」と言ったので、私たちはあちこちに名前や一言メッセージを書いた。コンピュータ室や訓練室を回った後、ついに中級部1年の教室に向かった。

私の目に飛び込んできたもの、それは「3月11日　当番　ソ・ガンシル」という文字だった。これを書いたとき、私はこの平凡な暮らしがずっと続くものとばかり思っていた。そう考えると胸が痛んだ。6人のクラスメイトは、黒板に自分の名前を書き、その前で最後の写真を写した。授業参観のときの写真、誕生日会のときの写真、そしてこの日最後に写した写真。ここで写真を撮ることがこの先永遠にないと思うと涙が込み上げてきた。

校舎を出る前に教員室に寄った。壁が丸ごと倒れていたが、そこには卒業生たちと私たちの写真が飾られたままだった。その中から私は、教室で授業を受ける私たちの写真を見つけた。その瞬間、私の心の中で何かが弾けたようだった。

私の目から止めどもなくこらえていた涙があふれた。

今、寄宿舎棟から見える私たちの校舎はションボリしてる。

一日中「ドン!」「ガン!」と校舎を崩す音が聞こえ、すでに舞踊部室やコンピュータ室がある東側の校舎は完全に解体された。一日一日「削りとられていく」校舎を見ながら、崩され続ける解体音に胸が引きちぎられる思いがしたが、私たちの校舎が永遠になくなるという現実をもはや受け入れざるを得なくなっていた。

それでも来年には新たに建設される校舎を思い描くと、少しは胸がスッとするような気持ちになる。そう、各地の同胞たちの愛情で建て替えられる新校舎が私たちを待っている。私が卒業する前41年間の歴史を刻んできた校舎があった場所に、新しい歴史を刻む新校舎が建つ。

私はその校舎で勉強、部活をしながら、思い出と歴史を刻んでいく。私たちが新校舎に刻む足跡。それは卒業生たちが41年間を過ごし、私が7年間過ごしてきた校舎の代を次につなぐバトンになる。

私はこのバトンを引き継ぐことで、私たちの校舎とともに過ごした思い出をいつまでも記憶し続け、輝かせていきたい。

※아、야、어、여…：朝鮮語の母音。全部で21文字ある
※カヤグム：日本の琴のような形をした朝鮮の民族楽器

通学サポート

キム・ソヨン（西東京朝鮮第一初中級学校初4、2016年）

私たちの学校には、「通学サポート」という特別な役割があります。「通学サポート」とは、新入生が一人で通学できるようになるまで、約1週間一緒に登校に付き添ってあげることを言います。1年生と同じ駅で乗り降りする上級生、同じ電車に乗って通学する上級生たちが、「通学サポート」を担うことになります。

もうすぐ3年生になろうとしていたある日。職場から帰ってきたお母さんが、突然私にこんな話をしました。

「ソヨン、今年通学サポートを任されることになったよ」

私は、「通学サポート」が何なのかお母さんに聞いてみました。私が担当することになった1年生の名前は、リ・スイと言います。どんな子なのか分からなかったので、心配もあったし、不安もありました。

けれど私は、この役割を絶対にがんばると心に決め、「通学サポート」が始まる新年度を心待ちにしていました。

ついに訪れた入学式の日。私は3年生になった喜びよりも、1年生の中でどの子が「リ・スイ」なのかに大きな関心を寄せていました。入学式が終わり、新しい教科書を受け取って、いざ下校の時間になったその時、私は初めてスイに出会いました。スイは男の子でした。

私は「アンニョン[※]」と言ってみたけれど、スイはお母さんの手をギュッと握ったまま何も話しませんでした。

待ちに待ったスイとの登校がはじまりました。一日目はスイのお母さんも一緒に来ました。スイを見て、私はこの前よりもっと大きな声で「アンニョン！」と言ってみました。ところが、スイは黙ったままでした。

「スイ、おはよう！　朝は何を食べてきた？」

「スイは国語が好き？　算数が好き？」

二日が過ぎ、三日が過ぎたけれど、スイは何も話してくれません。私は、スイと一言も話せないまま「通学サポート」を終えることはできないと思いました。

私は、スイのお母さんに聞いてみました。

「スイのお母さん、スイは何が好きなの？」

「あの子はポケモンが大好きよ」

（ポケモン！）

私はポケモン博士です。

「通学サポート」五日目。私はスイを見るとポケモンの話をはじめました。

「スイはポケモンの中で何が好き?」

「ピカチュウ…」

スイが初めて言葉を返してくれました。

「そう、私もピカチュウ大好き!」

「お姉ちゃんも…昨日、ポケモン見た?」

スイはよく話し、よく笑う、かわいい1年生でした。


(スイのことをもっと知りたいな)

私は、学校でスイがどのように過ごしているのか、観察してみることにしました。休み時間サッカーボールを蹴るスイを見ると、本当に上手でした。それからスイは左足で蹴っていました。

「スイ、あなたってサッカー上手ね。左足でボールを蹴ってたよね?」

「うん、ぼく、サッカー好き」

その次からはスイがサッカーの話をたくさんしてくれました。

私はスイの話を一生懸命聞きました。サッカーについてはよく分からなかったけど、スイが一生懸命話すのがかわいくて、うれしかったです。私はその時になって「通学サポート」の役割をちゃんと果たせたような気がしました。

スイが入学して一週間が経ちました。私とスイが一緒に通学する最後の日です。

「スイ、もう一人で通学できる?」

「お姉ちゃん、明日も一緒に行こう」

「駄目よ、3年生は帰る時間が違うの」

「じゃあ、朝だけでも一緒に行こう」

私は今になって「通学サポート」の本当の役割が何なのか知ることになりました。任された役割をちゃんと果たせたこともそうだし、何よりスイと仲良くなれたのが本当にうれしかったです。

その時から一年。4年生になった私は、またもや「通学サポート」を引き受けることになりました。今回受け持つ1年生も、近所で暮らす男の子のソンテでした。男の子は慣れているのでへっちゃらです。

私は、ソンテにもたくさん教えてあげたいことがあります。楽しい通学路で楽しい学校生活を…。

※アンニョン:朝鮮語のあいさつ。日本語の「おはよう」「こんにちは」「こんばんは」に相当する

私のお父さん

キム・スナ（埼玉朝鮮初中級学校中２、２０２１年）

「スナのボキャブラリーでは、到底無理やで」

これは、私の父が、作文を書こうとしていた私をからかっていった言葉です。

事実、私は、別に作文が好きでもないし、どちらかというと苦手でした。

中１の国語の時間に出された作文で、一文字も書けずボーッとしていたこともありました。書きたいこともないし、書く力もないと思っていたからでした。

しかし、今回ばかりは違います。私の言葉で、私が感じたことを、必ず人々に伝えたいと思ったのです。いや、私が書くべきだとの思いを初めて抱きました。それで私は今、重いペンを握っているのです。


ニンニクの匂いにヤンニョムの匂い、その匂いをかぐだけで白いご飯が恋しくなり、食欲をそそられる真っ赤なトウガラシの色、シャキシャキした白菜やキュウリ、いつも食卓に欠かせないもの。それがまさに「埼愛キムチ」です。埼玉初中を愛する気持ちが込められたキムチ。

ウリハッキョ支援の一つとして始められたこのキムチ販売事業は、今では沖縄から北海道まで、在日同胞だけでなく多くの日本の人たちにも大変好評な事業として発展しています。

このキムチ販売の発起人が、私の父です。父は、同胞苦学生たちのために朝鮮奨学会で働きながら、朝鮮学校の教育会や人権協会でも活動しています。父は、いろんな仕事をかけ持ちながら、休みなしで忙しそうに働き続けています。私がぐっすり眠った後で帰宅することも珍しくありません。

そんな父は、実は大学まで日本の学校で学びました。そのため大学生になるまで、朝鮮学校の存在すら知らずに過ごしてきたそうです。私は、そんな父がなぜウリハッキョのために活動することになったのか、そして私を朝鮮学校に通わせたのか、考えたこともありませんでした。

私の父をよく知る人たちは「学生たちのためならとことん働く立派な人だ」「同胞たちはもちろん、日本人もたくさん巻き込んで活動するので、どれほどありがたい存在か」と、いつも私の父をほめてくれます。私はそんな話を聞くたびに照れくさい気持ちになりながら、なぜ父がこのような活動をしているのか、だんだん関心を持つようになりました。

それで私は、父に聞いてみました。すると父は、真面目な顔をして静かに教えてくれました。父が朝鮮学校をはじめて知るきっかけとなったのは、大学生の時に参加した留学同※の活動だそうです。その時、朝鮮学校卒業生を通してはじめて朝鮮語と歴史を学び、朝鮮民族に触れたのだそうです。

はじめてウリハッキョという存在を知り、在日同胞たちがどれほど差別を受けながら生きてきたのか知った父は、同胞たちの権利を守るために、ウリハッキョと民族教育がこの上なく大切な役割を果たしているということを、身を持って感じることになったと語りました。

「誰もが自分らしく生きられる社会を作ること、差別があるのならそれをなくすためにとことん闘うこと、それを誰よりもうまくやり遂げられるのが、日本の学校を卒業した自分であると思った。差別は、朝鮮学校関係者の内輪の問題じゃないからな」

いつも私をからかってばかりいる父の、初めて見る表情に、何だか新鮮な気持ちになりながら、私は父がかっこいいと思うようになりました。そんな父の対外事業の集大成が「埼愛キムチ」です。2017年から始まったこの事業は、初めは販売対象を保護者に限定していましたが、西東京地域の経験を元に日本人にも販売を広げるようになりました。

とはいうものの、販売事業がはじめからうまくいくはずはありませんでした。販売数を増やせず、日本の学校の教員たちやいろんな団体に宣伝したりもしたけれど、発酵食品だけに味を維持するのが大変で食べられなくなったり、注文を間違えて配達することが一、二回ではなかったそうです。それでも地道に努力を重ねた甲斐があって、現在では一回につき2000個を超える注文を受けつけるほど大きな事業に発展しました。

そんな話を父から聞くうちに、私は「埼愛キムチ」事業が取り上げられた映像を見ることになりました。日本の人たちが、埼玉にさまざまな人たちが共生する社会を築いていくために、埼玉朝鮮初中級学校創立60周年を記念して作った映像でした。その映像には、キムチ販売のために奮闘するウリハッキョ保護者たちへのインタビューが収録されていました。

一生懸命活動に参加しているある母親は、収益金が厳しい学校運営の足しになることを願っていると話しながら「この姿を子どもたちに見せることによって、いつか子どもたちがこの事業の真価を知ってくれたら」と話しました。

また、キムチを買うため朝鮮学校に足を運んだ日本人は、自治体からの補助金が停止されたことは、子どもの権利を踏みにじる行為だと言いながら「キムチを買うことで、少しでも朝鮮学校を応援できたら」と言いました。

父がはじめた「キムチ外交」を通して、ウリハッキョに同胞たちが集まり、たくさんの日本人が訪ねてきて、朝鮮学校を支えてくれるようになりました。父の「キムチ外交」が、在日同胞と日本人をつなぐ架け橋になったのです。

いつも食卓に並んでいるキムチの味が、その日はなぜか特別なもののように感じました。

いつも家ではうるさくて面倒くさいと思っていたけど、私たちを支え応援してくれる人たちをこんなにたくさん増やしてくれて、差別やバッシングに打ち勝つために妥協なく活動し続けている父が、心底誇らしく思えました。

今まで学生である自分にできることはないと無関心だった私だけれど、何か目の前がパッと開かれたような気持ちになりました。父の活動が、これから私が何をするべきか、明確に示してくれたような気がしました。

これから私も父のように、人々のためになる仕事がしたい！ その衝動が、私にこの文を書かせました。私の拙い文章で、父の活動の重みとその価値を全て伝え切れたか分かりません。しかし、最後にこれだけは絶対に伝えておきたいです。

お父さん、本当に素敵だよ！

※留学同：在日本朝鮮留学生同盟の略称

3

民族の誇りを胸に

おれのばあちゃん

ソ・シニル（西播朝鮮初中級学校中3、1981年）

深いしわが
顔中畑の畝（うね）のように広がって
やせた身体に
地味な服装のおれのばあちゃん
いつも不幸と一緒に生きてきた

嫁を病で亡くし
息子を事故で亡くし
孫だけ残ったその日には
どんなに辛かっただろうか…

母親を探すおれを抱き

どれほど涙を流しただろう
貧しさゆえにミルクが買えず
ねだるおれを見て
どんな胸が痛んだだろう

みんなが楽しく過ごす正月さえも
骨の髄まで凍てつく海水の中
岩のりを取り
おれらの学費と食費を区面してくれた
おれのばあちゃん

それでも親には叶わないからと
遠くの学校までおれの手を握り
行き来したこと数百回

ばあちゃん！
おれの大好きなばあちゃん

おれはちゃんとわかっている
ばあちゃんがおれと姉ちゃんを
どれだけ大事に育ててくれたかを

2歳だった幼いおれが
今では中学3年生
ばあちゃんもぐっと年を取った
時間が逆さまに流れて
ばあちゃんが若返れば…
何度こう願ったか

心配するなよ、ばあちゃん！
ばあちゃんの深い愛情
おれと姉ちゃんの胸の中
深く、深く染み込んでいる

これからはおれの番

ばあちゃんから受けた愛を
すべて返すことはできなくても
立派な朝鮮青年になって
ばあちゃん、幸せにしてやるからな

その日までばあちゃん
大好きなおれのばあちゃん
お願いだからいつまでも
元気でいてくれ

アイゴ！

カン・ソンヒャン（神戸朝鮮高級学校高１、２０１１年）

「アイゴ！」
一日一度は必ずいう
寝坊をしたら「アイゴ！」
宿題を忘れたら「アイゴ！」
部活の時間、失敗するたび
「アイゴ…」「アイゴ…」また「アイゴ…」

おばあちゃんの昔話に登場する
「アイゴ！」は
ひどく悔しく悲しいけれど
「アイゴ、私のかわいい子！」と言えば
かわいさ無限の表現だ

最高にうれしい時は「アイゴ、良いね！」
子どもたちががんばると「アイゴ、えらいね！」
同胞たちが集まるところ
どこでも「アイゴ！」
いつどこからでも聞こえてくる
味のある朝鮮語！
私は「アイゴ！」の響きが好き

うれしい時も悲しい時も
おじいちゃん、おばあちゃん
お父さん、お母さん
そして子どもたちが一緒に使う
感動詞「アイゴ！」

「アイゴ！」は
朝鮮人のシンボルだ

車窓から

ソン・チヒャン（東京朝鮮中高級学校高3、2015年）

車窓の外に流れる景色は
空は空で
山は山でも
バスがすれちがうほんの一瞬
笑顔で手を振る人民たち
少年団の敬礼をする子どもたち
日本とちがう
ここは祖国

板門店へ向かうバスの中
数日過ごした祖国の胸
感激、興奮、驚きはいかほどか

車窓に映る私の顔は
そのわけを探っている

硬い座席にゆれる私
私が知った祖国
私が知らなかった祖国
行く先々で
日本で「苦労」している私たちに
一番良いものを与えてくれる同胞愛

車窓の外に流れる景色は
家は家で
道は道でも
気づかぬうちに
日本と比べている私の目
私が知る「北朝鮮」
私が知った朝鮮民主主義人民共和国

車窓に映った私の顔
自責の色に染まる瞳
反「北朝鮮」報道から抜け出せずにいた
私を乗せて走るバス
明るい笑顔で手を振る人民
少年団の敬礼をする子どもたち！

車窓の外に流れる景色は
遮断、遮断で狭められた板門店区域
石柱で囲まれた
ただならぬバスの道

分断の傷を直視し
境界線区域の軍人たちとの出会いを経て
再び平壌に向かうバスの中
車窓の外に流れる景色は

星がまたたく祖国の夜空
バスの室内灯に照らされた私
車窓に映る私の顔！

決意に光るその瞳
異国の地、日本で
ゆらぐことなく生きていきたい！

バスは夜道をひた走る
朝鮮の静かな夜を乗せて
祖国とともに生きる私を乗せて

祖国のお土産

パク・シニャン（神戸朝鮮高級学校高3、2018年）

中級部から朝鮮学校に編入した私
生まれて初めて行った
夢にまで見た祖国

「気をつけて行っておいで、思いっきり学んでおいで」と
送り出してくれた家族
「お土産話を聞かせてね」と
見送ってくれた妹たち

感謝の気持ちを胸に
たっぷり時間をかけて選んだお土産
祖国でしか手に入れられないお土産

生まれて初めて買った祖国のお土産
その時間がうれしくて
どんな言葉を刻もうか
どんなお土産なら喜ぶかな
毎日お土産屋さんに足を運んだ

ところが
夢のような二週間が
一瞬でうばわれてしまった

早く渡したかった大切なお土産を
夢を引き裂き現実に戻すかのごとく
全てうばっていった

返してと叫ぶ友だち
あまりに悔しくて泣き出す友だち

夢のような日々が、お土産に込めた気持ちが
一瞬にしてうばわれた
二つとない祖国のお土産

それでも、私たちは
決してあきらめなかった
二度とこの悔しさを後輩たちに味わわせてはならないと
私たちは闘った

三ヶ月が経ち、私の手元に帰ってきたお土産たち
私たちの勝利を示すお土産たち
意義深い二週間を思い出させてくれるお土産が
私が祖国に行ってきたことを確認させてくれるお土産が
私の手元に帰ってきた

私は胸をはってみんなに言いたい
小さなお土産に込められた私の気持ち

私たちを温かく迎えてくれた祖国を胸に生きていく
この大切なお土産と一緒に

そして、次は私が
誇り高い朝鮮の大人になって、その姿
祖国にお土産として見せてあげたい

母さんは文化教室皆勤賞

コ・キルミ（中大阪朝鮮初中級学校初3、1979年）

母さんは、私が3年生のときまで、朝鮮の言葉と文字を知りませんでした。日本の学校で勉強したからです。

私が宿題を手伝ってと言っても、朝鮮語を知らないので教えられないと、イライラしてばかりでした。幼い時私は、母さんは朝鮮人なのに、朝鮮語も朝鮮の文字も知らないなんて、本当にかわいそうだなと思いました。

私は、分からない問題があると、仕方なく父さんが工場から帰ってくるのを待ちました。父さんは大阪朝鮮高校を出たからです。でも、父さんは夜遅くに帰ってくることが多かったです。待っていて眠くなると、そのまま寝てしまいました。だから宿題を全部できない時がたまにあって、学校の掲示板に「宿題をがんばる良い子」の表に、三角をもらうことがありました。

私は、うちの母さんが、朝鮮語や朝鮮の文字を知っていたら、どんなに良いだろうかといつも考えていました。そしたら宿題を手伝ってもらうこともできるし、家でも朝鮮語を使うことができるからです。担任の先生は、朝鮮語を知らないお父さん、お母さんたちに、朝鮮語の勉強をするよう、みんなが家に帰ってよく話してみなさいとおっしゃいました。

私は家に帰って、母さんに「母さんも、文化教室で朝鮮語を習って」と言ってみました。しかし、母さんは「あかんわ、仕事もせなならんし、あんたの下に2人もいるのに…」と言って、話を聞いてくれませんでした。

私は、朝鮮語や朝鮮の文字を知らないと、朝鮮人じゃないといわれた言葉を胸の奥にしまっていました。だから、朝鮮学校では「朝鮮語をよりよく学び、正しく使おう」という運動を繰り広げているのでした。

朝鮮学校のお姉さん、お兄さんたちも、朝鮮語をよく使う模範生のバッジを胸につけて、互いに競い合いながら、みんなが朝鮮語をよく使う良い子になろうとしているのに、母さんだけは朝鮮語も朝鮮の文字も知らず、日本語ばかり使っているので、本当に日本人になってしまうのではないかと思いました。

それで私は、母さんに朝鮮語を学んでこそ、本当の朝鮮人になれるのだと何度も話しました。それでも母さんは「あかん、うるさい。うちには2歳の子どもがいるのに、どうやって文化教室に行くん」と私を叱るのでした。

そうしているうちに、朝鮮学校の先生と女性同盟※で働いている若いおばさんが家によく訪ねてくるようになりました。母さんに文化教室に行ってみないかというのでした。母さんは、それでも文化教室に行きませんでした。

しかし、同胞たちの大きな集まりに参加した後、母さんは、私のすぐ下の弟を朝鮮学校の幼稚班バラ組に入れて、2歳の妹をおぶって、お昼の文化教室に通うことになりました。

末っ子の妹は、本当にいたずらっ子です。いっときもじっとしていません。前にいたかと思ったら、いつの間にかどこかへ行っていなくなります。探していると、うちの裏の狭い路地で遊んでいました。また、車が通る大通りに逃げて、つかまえるのに一苦労しました。まるで子犬のように駆け回ります。だから母さんが、妹を連れて朝鮮語の勉強をしに行くのは、本当に大変なのです。私が妹の子守をするときもあるけど、学校から遅く帰ってくる時は、母さんがおぶって文化教室に通います。

いつの間にか、蒸し暑い夏になりました。学校から家に帰って、一人で留守番をしていると、母さんが妹をおぶって自転車で汗をいっぱいかきながら帰ってきました。そして妹を床に下ろすと「本当に朝鮮語、朝鮮の文字の勉強するのは大変や…あんたの妹だけでも、誰か見てくれたら少しは楽やのに…」と言いながら、ふーっとため息をつきました。そんな時は母さんが少しかわいそうだなと思いました。けれど、朝鮮語の勉強をして、立派な朝鮮人になるためだから仕方ないと思いました。

私は、母さんが文化教室に通うようになると、すぐ下の弟を私が見て、一緒に遊んであげることにしました。それから、うれしかったのは、文化教室で朝鮮語を教える先生が、私たちの学校の校長先生ということでした。

校長先生が本当に楽しく、よく教えてくれると言いながら、母さんは雨の日も、暑い日も欠かさず、三ヶ月も通い続けました。そして、夜になると私と一緒に国語の勉強をしながら、分からないところを聞いてきたりもしました。家では私が国語の先生になりました。

いつの間にか7月になりました。文化教室の卒業式の日です。母さんは、チマチョゴリをきれいに着て、妹を連れて文化教室に出かけました。私は母さんがニコニコしている姿がおかしくもあり、また心の中で、私の母さんもこれからはもう朝鮮の言葉と文字を知っている本物の朝鮮のお母さんになったのだと思うとうれしくなりました。

母さんが文化教室から帰ってきました。母さんは卒業証書だけでなく、皆勤賞の賞状と大きな賞品を抱えて帰ってきました。母さんは忙しい中でも一日も休まず、皆勤賞を取ったのでした。一緒に勉強したたくさんのおばさんたちの中で、皆勤賞を取ったのは、うちの母さんを入れて三人だけだと、母さんはとても誇らしそうに話しました。私はどんなにうれしかったか分かりません。

私は、母さんが立派だと思いました。今、うちの母さんは、「朝鮮語」という本を読めるようになり、朝鮮語も上手くなりました。私は母さんに負けないよう、朝鮮語をよりよく使う良い子になることを誓います。そして、一生懸命勉強して、必ず優等生になってみせます。

※女性同盟：在日本朝鮮民主女性同盟の略称

おばあちゃんの宿題

チョ・リカ（下関朝鮮初中級学校初6、1979年）

私のおばあちゃんは今年79歳になります。私たち四人兄弟は、早くに両親を亡くし、おばあちゃんと一緒に暮らしてきました。

おばあちゃんは、幼い私たち兄弟を育てるために、とても苦労されました。おばあちゃんはいつも私たちを見て「お前たちが大人になるまでは、どんなことがあっても、私は死ねないね」と言いながら、痛い足はそっちのけで私たちの面倒をみてくれています。

私は、おばあちゃんがこんなことを言うたびに、早く大きくなって、おばあちゃんに楽をさせてあげたいと思います。美味しいご飯を作ってあげたい、きれいな服を着せてあげたい気持ちは山のようですが、まだ小さいため思い通りになりません。それで気持ちだけが焦ります。

春風がそよそよと吹き、花の香りを運んできたある日の夜、私は夕食の後片付けを済ませて、次の日の支度をして布団の中に入ろうとしていました。

もう眠っているはずのおばあちゃんが、その日はなぜか眠らず、ちゃぶ台に向き合って何か一生懸命しているのでした。時計の針はすでに10時を指しています。

「おばあちゃん、もう寝る時間になったよ」

「分かっているよ」と言いながら、おばあちゃんはちっとも立ち上がろうとしませんでした。

私は仕方なくおばあちゃんのそばに近寄りました。

すると、どうしたことでしょう？　おばあちゃんが、私のおばあちゃんが、朝鮮の文字を書いているではありませんか！

私は信じられなくて、自分の目をこすってみました。

「아、야、어、여…」

くねくね曲がった字は、おばあちゃんの字に間違いありませんでした。

「今日、ちょっと恥ずかったんだけど、成人学校※に行ってきたんだよ。それで宿題をしてるんだけど、なかなか難しいね…」

顔を赤らめながらも鉛筆をギュッと握って、とてもうれしそうでした。また、自分の名前を生まれて初めて書けるようになったと言いながら、一度書いて、また書いて…。私はこれまで、おばあちゃんがこんなに喜んでいる姿を見たことがありませんでした。おばあちゃんのシワがパッと伸びて、20歳は若返ったように見えました。

おばあちゃんは、分会の先生や、女性同盟の分会長があまりにも訪ねてくるので、はじめはこの年になって何の勉強かと拒んでいましたが、「朝鮮の文字を知らなくて、朝鮮人と言えるか」と思い直し、文字を習うことにしたそうです。

　事実おばあちゃんは、一番勉強したかった時に、地主の家のご飯炊きをしなければならず、日本に渡った後も学校に通うことはできず、生きるために働くしかありませんでした。

　そんな中、頼りにしていた私の父まで亡くなってしまったので、幼い私たちを連れたおばあちゃんが、文字を学ぶことなど夢のまた夢だったのでしょう。


　私は、夜遅く布団の中に入って、その日のできごとを考えてみました。

　私をおぶりお姉ちゃんの手を引いて、疲れた様子で買い物をしていた時と比べて、今日のおばあちゃんの姿は、なんと幸せそうだったかと。

（おばあちゃんがこんなに喜ぶ姿を見たこと、これまでなかったなぁ…。文字を知ることがこんなにうれしいなら、私にも何か手伝えることがあるかもしれない。そうだ！　私がおばあちゃんの先生になって、覚えるのを手伝ってあげよう！）

　私はこう心に決めました。

　その後、わが家では毎晩のように「산、산、백두산（山、山、白頭山）※」、「가자 가자 어서 가자 집으로 가자（行こう、行こう、早く行こう、家に行こう）」こんな朝鮮の文字を読む声が響くようになりました。

「학교（学校）」の「교」を「고」と間違えて書いてしまうことや、「아」と「어」を逆さまに

書いてしまうことも、一度や二度ではありませんでした。私とおばあちゃんは、10回やってダメなら20回、一緒に文字を書き続けました。

こうして数か月が経って、おばあちゃんはやっと朝鮮の文字を書けるようになりました。もう宿題も一人でできます。私は天にも昇るほどうれしかったです。

成人学校の修了式の日、おばあちゃんは「孫を朝鮮学校に通わせて本当に良かった。私がこの年になって文字が書けるようになるとは、なんとありがたいことか。私はこれから祖国統一のために、いくらもない余生をすべてささげていきたい」と討論までしたそうです。

その後、おばあちゃんは、分会の仕事により一層励み、今では歌まで習っています。こんなおばあちゃんを見るたびに、私は陽の差し込む暖かい教室で、思いっきり朝鮮の言葉と文字を学べることが、どれほど恵まれたことなのだろうかと、幸せを噛みしめています。

私はこれからもおばあちゃんに負けないように、一生懸命朝鮮語を学んでいきます。

※成人学校：識字教室。在日本朝鮮人総聯合会では1960～80年代にかけて、在日朝鮮人に母国語の読み書きを教えるための「成人学校、青年学校1千校設置運動」を繰り広げた

※白頭山：朝鮮で一番高い山

失ったもの、得たもの、失えないもの

キム・ヤンジャ（北海道朝鮮初中高級学校中3、1998年）

チマチョゴリを着ている人は私一人だった。

「ようこそ、日本のみなさん…」

体育館をぎっしりと埋め尽くした日本人の前で私は司会を務めた。去る6月28日、ウリハッキョで開かれた「アンニョンフェスタ'98」には、約1400人の人々が集まってきた。そのうち午前500人、午後400人あまりの日本人が、在校生の歌と踊りを観賞し熱烈な拍手を送ってくれた。

初級部5年生のときに初めて十勝支部で開かれた夏期学校※に参加して、その後サマースクール※にも参加して、私は朝鮮学校の存在を知ることになった。もちろん家族親戚もすべて朝鮮人であったため、自分が朝鮮人であるという認識は少なからず持っていたけれど。

「朝鮮学校に行きたい」とお母さんに話してみると、「おじいちゃんに相談してごらん」と言われた。

おじいちゃんは一言でダメだと、私の話を遮った。

日本で、私のお父さんと叔父さんたちを苦労しながら育ててきたおじいちゃんの思いを知るお父さんも、おじいちゃんの言うとおりだと私の話を聞こうとしなかった。朝鮮学校に通えなかったお父さんは、この先当然朝鮮人と結婚すべきだと言いながらも、日本で暮らしていくのだから、日本の義務教育程度は受けておくべきだという考えを持っていた。

さらに朝鮮が南北に引き裂かれた複雑な事情もあって、おじいちゃんをはじめ私の家族、親戚は子どもたちを一人も朝鮮学校に通わせていなかった。それでも私はあきらめることができなかった。

ある日テレビを見ながら、顔も姿もアメリカ人なのに、英語を話せなくて周りの人たちが大笑いしている場面を見た。ただ笑っているのではなく、あざわらっているようだった。私はそれを自分に置きかえてみた。私は朝鮮人なのに朝鮮語を話せないから全く同じじゃないか。それでいっそうあきらめきれず両親に繰り返し頼んだ。

そうしているうちに、私たち家族はどん底に突き落とされることになった。わが家の柱であるお父さんを病気で亡くしたのだ。

お酒も飲まず、タバコも吸わないお父さんを襲った病は肝硬変だった。後から知ったことだが、お父さんの病気は私が1、2歳だった10年前に家族には知らされていて、余命10年とお医者さんが話していたという。

それでか、他人に厳しいお父さんは、私にいつも優しく、どんなわがままもすべて聞いてくれた。逆にお母さんは怒ってばかりいた。

病気がどんどん悪化すると、お母さんはお父さんの入院を拒み、毎日病院まで往復2時間の道のりを車で行き来した。入院したらお父さんが元気をなくしてしまうということもあったけど、それよりお父さんをいっときも家族と離れさせたくないとの思いがあったのだろう。それで東京やいろんな地方の有名な病院と薬局で効果があるワクチンや注射薬を買い求めては、知り合いの看護師さんにお願いして注射を打ってもらい、家ですべての看病をした。

こんな生活をしている間、お母さんは小言やいやなことを一つも言わず、お父さんのために真心を尽くしていた。どんなことがあっても、子どもたちに八つ当たりをしたり、カッとなることは決してなかった。今考えてみると、お母さんがもっと怒ったり、カッとしたり、不安を見せてくれていたなら、私の気持ちがもっと楽だったのかもしれない。

お父さんの病状が悪化し、お医者さんから余命半年という診断が下された。その年の1月、私が小学校5年生を終える頃だった。お父さんは、体を動かすことすら辛そうで、よくイラつくようになった。

ある日の夜、自分のために苦労ばかりしているお母さんに向かってお父さんが言った。

「君は、私と結婚して幸せだったかい？」
お母さんはすぐに答えた。
「幸せよ。一度たりとも不幸だなんて思ったことないわ！」
夜も深まり、私は寝たふりをしてその話を聞いていた。涙が出て止まらなかった。お父さんは寿命がもう、それほど長くないことを知っていたのだろう。私は、お母さんの返事に、あまりに気丈に振る舞う姿を見たようで、考えれば考えるほど涙があふれ、布団の中で声を殺して泣いた。

お母さんの看病がどれほど手厚かったか、病魔は影を潜め、余命半年と言われていた命が１年を越えたその年の12月、お父さんはついに目を閉じた。私は泣き続けた。まだ小学校６年生だったけど、心の中にポッカリと穴が開いたようだった。その時のお母さんと家族の悲しみを、どう文字で表したらいいのか分からない。

お父さんを亡くした後、４人兄弟の母子家庭の大黒柱になったお母さんの苦労は増した。東京からお嫁にきたお母さんは、頼るところ一つない中、昼夜なく働き続けた。胸の内では何度も泣いていただろうけど、私たちの前で涙を見せることは一度もなかった。

その間、朝鮮学校に通いたいという思いは、家族中が大きな悲しみに包まれ不安を抱える中、口にすることができなかった。それでも、その火種はいつもくすぶっていて、私は中１が終わる一週間前に、思い切ってお母さんにお願いした。お母さんは、来年にはお兄ちゃんもお姉ちゃんも高校と大学を卒業するから、中3か高1から行くのはどうかと言ったけれど、私は中3だと忙し過ぎるし、朝鮮語の勉強が遅れるから一年でも早く朝鮮学校に行きたいと頼み込んだ。

しばらく考え込んでいたお母さんは「あなたの思い通りにしなさい。私はあなたを朝鮮人として育てたいと思ってきたのよ。けれどいろんな事情があって、それが許されなかったの。お姉ちゃんもお兄ちゃんも好きなように育ったから、末っ子のあなたも自分の望み通り朝鮮学校に行きなさい」と話した。

反対していたおじいちゃんを訪ねると、そこまで言うのなら行っても良いと半分承諾してくれた。しかし、それはお母さんと同じというわけではなかった。お前が朝鮮学校に行くのなら、道で見かけても他人だと思え、二度と会いたくないと言った。私は、衝撃と共になぜそんなことを言うのか、それが正しいとは思えなかった。

朝鮮学校に行く前日、おじいちゃんにあいさつにでかけると、今度はお前が朝鮮学校に行くのなら、身内でも孫でもないから顔も見せるな、話しかけるのもやめろ、縁も切る、お前は母親の言葉に踊らされているだけだと言ったので、私は急に腹が立った。

私は、私の意思で行くんです、お母さんが指図したのではありませんと、すぐに言葉を返したかったけれど、涙が出て、喉が詰まって、その言葉は言えずじまいだった。

どうすることもできず私は家を飛び出した。お父さんが亡くなって、お母さんとおじいちゃんの間はだんだん遠くなっていったけど、それが民族教育を受けたお母さんのせいなのか、あるいは私がこんな風に育ったからなのか…。


私が札幌にある朝鮮学校に行くことになると、お母さんはあの広い家に一人で暮らすことになる。寄宿舎に入るとお金もかかるだろう。電車賃もかかる。友だちとも離れることになる。お母さんは親戚の中で孤立無援になるだろう。決心はしたものの、罪悪感と悩みで気持ちは沈む一方だった。

そんな私を見てお母さんが言った。

「あなたの人生じゃないの。お父さんがいなくても、おじいちゃんや親戚が理解してくれなくても、どんなことをしてでも、あなたの進むべき道を行きなさい。朝鮮学校に行って朝鮮人になりなさい。お母さんはそれを望んでいるわ…」

私は、その言葉がありがたくうれしかった。

そうして私は、中級部2年生から朝鮮学校に編入した。


一年間一生懸命勉強して、ずいぶん朝鮮語も話せるようになった。少年団のバッジもつけ、紅いネクタイ※も締めた。寄宿舎では、友だち、かわいい弟、妹たち、親切な先輩たちとも出会った。また、吹奏楽部に入って芸術コンクールを目指し練習にも励んでいる。

私の願いはかなえられたけれど、これは小さな一歩に過ぎない。お父さんを亡くした後、一人で苦労しているお母さんを置いてきた。私の「朝鮮学校行き」を巡って、親戚とも別れなければならなかった。

私が心から尊敬している大好きなお父さんとお母さん、そしておじいちゃんとおばあちゃん、親戚と、不本意ながら別れることになったのは本当に辛く悲しいできごとだった。

祖国が二つに分かれているのに、私が朝鮮人になろうとすることで、家族がまたどれだけ引き裂かれなくてはならないのだろう。血を分けた朝鮮人が、互いに力を合わせて、よりよい暮らしをしていかれたらどんなに良いだろうと思う。私は以前テレビで見かけた、自分の国の言葉も知らず、他人にあざわらわれるそんな人間にはなりたくない。「外国人登録証」だけが朝鮮人であることを証明する、そんな朝鮮人にはもっとなりたくない。万が一、私が、朝鮮学校に行かなかったら、「日本の皆さん」の一人にまぎれて、異文化、移民に触れて同情する日本人になっていたかもしれないから。

お父さんを亡くした後、私が朝鮮学校に来たことによって失ったものは大きい。けれど、これからその何十倍、何百倍も得るものがたくさんあると思う。朝鮮学校に来て、私は母親を

「お母さん」ではなく「オモニ」と呼ぶようになった。もうお母さんに「ありがとう」は「고맙습니다（コマプスムニダ）！　감사합니다（カムサハムニダ）！」と言おうと思っている。

今はもう私が抱かれていた温かなお父さんの胸はなく、優しいお母さんの元も離れてきたけど、私が抱かれる懐でねぐらのような朝鮮学校があるから、別のことなど考えられない。朝鮮学校への編入をよく思わない人たちに、いつか私の選択した道が決して間違っていなかったということを、大きな声で教えてあげたい。そう言える立派な人になりたい。これは私にとって絶対に失えないものだ。

学校に行って良かったかと誰かが尋ねたら、私はすぐに「ウリハッキョで、朝鮮人として胸を張って生きられるようになって幸せです！」と高らかに答えたい。

※夏期学校：民族教育を受けていない在日コリアン小学生を対象に、朝鮮高校生等が開催する夏休みの朝鮮語教室
※サマースクール：民族教育を受けていない在日コリアン中高生を対象に、在日本朝鮮青年同盟が開催する夏期講習。東日本、近畿、中四国九州などのブロック別に行われる
※少年団バッジ、ネクタイ：少年団のメンバーであることを示すバッジ、ネクタイ

お姉ちゃんの制服

キム・スラ（東京朝鮮第二初級学校初5、2003年）

私のお姉ちゃんは中級部2年生です。

東京中高に通っているお姉ちゃんは、第二制服ではなく、チマチョゴリで通学しています。私たち第二初級の卒業生たちの中で、チマチョゴリで通学しているのは、うちのお姉ちゃんと数人だけだそうです。

チマチョゴリが切り裂かれる事件があって、第二制服で通学する人が増えたということを私も聞いて知っていました。お母さんも心配していて「第二制服を着る?」と聞いたけど、お姉ちゃんは「私には似合わないからいや」と、きっぱり断っていました。

バレーボール部に入ったお姉ちゃんが、試合で遅く帰ってくる日には、お母さんがとても心配しています。

ある日、私はお姉ちゃんに向かって言いました。

「お姉ちゃん、第二制服着れば?」

「はぁ⁉」

お姉ちゃんは、両目を大きく見開いて、私をにらんでから何も言わず行ってしまいました。

（お母さんが心配しているのに…）

私は、お母さんに心配をかけるお姉ちゃんがいやになりました。どうしてもチョゴリで通学するというお姉ちゃんの気持ちを理解できなかったからです。

次の日、私はまた勇気を出してお姉ちゃんにそっとたずねてみました。

「お姉ちゃん、第二制服が何でいやなの？」

「私には似合わないって言ったでしょ‼」

私はしょんぼりしました。実は、私が第二制服に憧れていたからです。お姉ちゃんが着れば、私にもお下がりがくると思っていたのです。

（着てみたら似合うかもしれないのに、最初からいやだなんてバカみたい）

私はこんな風に考えていました。

次の日もそのまた次の日も、雨の日も風の日も、お姉ちゃんはチマチョゴリで学校に通いました。

夏服に変わるときも、お姉ちゃん一人だけ暑さを感じない人のように、紺色のチマに真っ白なチョクサムを着て出かけていきました。

夏服になって数日経ったある日のことです。

いつもならカバンが重いと文句を言いながら帰ってくるお姉ちゃんが、鼻歌を歌いながら帰ってきました。

「お母さん、今日、帰り道に友だちと電車の中で部活の話をしていたんだけどね。日本の女子高生たちが私を見てコソコソしていたのよ」

「何で?」

「チマチョゴリがすてきだって」

「そりゃあ、チマチョゴリはすてきよね。それで?」

「ううん、ただそれだけ」

私がそばで聞いているのも気づかなかったのか、お姉ちゃんはまた鼻歌をうたいながら部屋に入っていきました。

私も、地元の日本人の前で公演した時「チョゴリがかわいいね」と何度か言われたことがあるのを思い出しました。なぜか私も鼻歌が出てきていました。

また数日経ったある時、ドアをバーンと開けて駆け込んでくるお姉ちゃんを見ました。

(何を慌てているんだろう?)

顔いっぱいに笑みを浮かべているのを見ると、何か良いことがあったようでした。

その日はお母さんの帰宅が遅かったのですが、お姉ちゃんは夕飯の支度をしているお母さんにまとわりつきながら、まるでマシンガンのようにしゃべりまくりました。

「お母さん、こんなことって何度もある?」

「何が…?」

「今日、学校から駅に向かう途中で、横断歩道の信号が変わるのを待っていたのね。その時、となりに知らないおばさんが立っていたんだけど、私のチョゴリの袖にそっと触れたの」

お姉ちゃんの顔を見る限り、悪い話ではなさそうでした。

「それで、おばさんが何だって?」

「まず、これが制服なのかと聞いてきたから、私がそうだと答えたの。そしたら、すごくすてきだねって。最近は短いスカートをはいた女子高生たちが多い中で、本当に制服らしいって褒めてくれたの」

お姉ちゃんは一週間のうちに二度もチマチョゴリを褒められて、よほどうれしかったみたいです。

(ふーん、チマチョゴリを褒められたことが、あんなにうれしいなんて。自分が褒められたわけでもないのに?)

それでも私は、喜びいっぱい、笑顔いっぱい話すお姉ちゃんを見て、勉強ができるお姉ちゃんに自慢が一つ増えたんだと思いました。

それから、そんなお姉ちゃんにはチマチョゴリが一番似合うのかもと思いました。

チマチョゴリをピシッと着て通学するお姉ちゃんの気持ちが、今になってわかったような気がしました。お姉ちゃんは朝鮮学校の生徒として、誇りを持ってチョゴリを着ているのだと知りました。

毎日寝る前に、布団の下にチマのプリーツをピンと伸ばして、きれいに寝押しするお姉ちゃん。下手くそな手でトンジョンも付け替えます。

私は、そんなお姉ちゃんがカッコよく見えました。

私も中学生になったら、必ずチマチョゴリで通学してみたいです。

その時はお姉ちゃんから、チマの寝押しとトンジョンの付け方も習わなくちゃ。小さいお姉ちゃんが、大きいお姉ちゃんから教わったように。

一枚の日本地図

チョン・リセ（西播朝鮮初中級学校初4、2019年）

（日本地理の勉強がついに始まる）

二学期最初の社会の授業を迎えた私は、ワクワクするのを感じていました。

お姉ちゃんの影響で、日本の都道府県についてあらかじめ勉強していた私は、この日がくるのを楽しみにしていたのです。

今か今かと授業開始を待っていたところ、担任の先生が一冊の本を手に教室に入ってきました。

パッと開かれたページには、一枚の日本地図が。

（何だろう？　この日本地図は？）

とっさに私の好奇心がふくらみました。これまで見た日本地図とはちがっていたからです。

「日本地理の最初の授業は、この地図を使って勉強します」

地図のタイトルは「長谷川さんの歩いた１１００キロ／１５６万歩　朝鮮学校67マップ」。

それは、日本各地の朝鮮学校所在地にしるしをつけた地図でした。地図には、67個の番号と赤い線が引かれていて、なんとその赤い線は、長谷川先生が朝鮮学校を訪ね歩いた道のりを示したものでした。

8月のある日、書店で偶然この本を見つけた担任の先生は、これを使って日本地理の最初の授業をしようと決めたそうです。先生はこの本について詳しく話してくれました。

長谷川先生は、毎週、文科省前で行われている「金曜行動※」に参加するうち、朝鮮大学校の学生たちが、自分たちの母校についてとても誇らしげに語る姿を見て感動したそうです。それで「全国の朝鮮学校を巡ってみよう！」と心に決めたそうです。

２０１７年6月20日、福岡朝鮮初級学校からスタートして、２０１７年12月20日、朝鮮大学校に到着するまで、１５６万歩におよぶ長い道のりを長谷川先生は「朝鮮学校にも高校無償化を！」と書かれたのぼりを掲げ、リュックサックを背負って歩き続けたそうです。土砂降りの日も、照りつける太陽の下でも、歩き続けたそうです。日が暮れた険しい峠道も、強風吹きすさぶ海岸も、ひるむことなく歩き通したそうです。どんなに大変だったか、想像もできません。

長谷川先生が西播朝鮮初中級学校に訪れたのは7月22日。ものすごく蒸し暑い日だったことを覚えています。終業式をするため全校児童生徒が集合した体育館で、ご自身の活動について話され、私たちに朝鮮学生として、朝鮮学校で胸をはってしっかり学べと励ましてくれました。

ですが、私はこの本を読む時まで、長谷川先生の苦労と深い思いをすべて知ることはできませんでした。

改めて地図をながめていると、日本の北は北海道から南は九州福岡まで、同胞たちが暮らしているいたる所に朝鮮学校があるということが一目でわかりました。

総聯結成記念日を迎えるたびに歌う「われらの誇り限りない」の二番の歌詞にある通りです。東北地方にある東北朝鮮初中級学校、福島朝鮮初中級学校のみんなは、東日本大震災の時のばく大な被害を乗り越えて一生懸命学んでいるそうです。関東地方には、朝鮮大学校をはじめ朝鮮学校が多いそうです。愛知朝鮮中高級学校では、愛知県ばかりか岐阜県、三重県、長野県、静岡県の生徒たちが学んでいて、寄宿者生活をしている人たちもいるそうです。

同胞たちがたくさん暮らしている近畿地方にも朝鮮学校が多いけれど、特に目を引くのは奈良朝鮮幼稚班だそうです。初中級学校の再建を目標に、私たちの母校である西播初中卒業生が保育士として奮闘している奈良朝鮮幼稚班に行ってみたいです。岡山県、広島県、愛媛県にある朝鮮学校には、海岸線をたどっていくと行けそうな気がして身近に感じられました。

私たちの祖先の古い歴史がそこここに染み込んでいる九州地方で学ぶ友だちが羨ましくも思えましたが、私は４・24※の魂が宿る兵庫県で熱心に学び、立派な朝鮮人になりたいです。

教室のドアの近くに貼られた一枚の日本地図。

度重なる差別に屈することなく、日本のいたるところに誇らしげにそびえ立つ朝鮮学校を示したこの日本地図は、私に勇気と力を与え、朝鮮学生としての誇りとプライドを高めてくれる特別な日本地図です。

※金曜行動：朝鮮学校への高校無償化適用を訴え、東京・霞が関の文部科学省前で２０１３年から金曜日に続けられている要請行動
※４・24：１９４８年４月24日に、在日朝鮮人が日米当局の暴力による学校閉鎖の弾圧に抗して民族教育権を守った歴史的な闘争

名前を取り戻して

チャン・ソナ（東京朝鮮中高級学校高2、2022年）

チャン・ソナ。

これは私の名前だ。

小学校6年生まで日本の学校に通っていた私は、言葉も姿も日本人と変わりなかった。唯一ちがうもの、それは私の名前だった。

周りからは「チャン」「チャンさん」「チャンちゃん」などと呼ばれることが多かったが、当時はまだ自分の名前について深く考えたことがなかったため、何となくかわいい名前だなと思うだけだった。

「ソナ、朝鮮学校に通ってみるか?」という父の一言で、中級部から朝鮮学校に通うことになった。

チマチョゴリを着て入学式を迎えたその瞬間から、私は日本人ではない、朝鮮人として生きることになったのだ。

はじめて触れる朝鮮の言葉、踊り、歴史。それらに枕詞のようにつけられる「우리（ウリ＝

私たちの)」という言葉。当時は、理解するのが難しかったその感覚が、いつしか自分の一部となり、私に忘れてはならない愛を教えてくれているということが、その時にはわからなかった。

クラスメートの協力のもと、朝鮮語を覚え、視野が広がり、多くの発見や楽しみを知ることができた。

しかし、目に見えるのは明るいことだけではなかった。歴史の授業で、朝鮮が日本の植民地になり、自国の言葉や文字を奪われ、先代たちが長きにわたり残酷な仕打ちを受けねばならなかったということを聞いた衝撃は大きく、そんな先代たちが夢にまで見た自分たちの学校に、私が通っているということを知った。

私は、多くの人たちが奇跡と呼ぶ私たちの存在について、理解はできても、実感として感じることは難しいままでいた。

民族教育を受けて五年目。

高級部に上がり、朝鮮人である自分自身について深く考えていく中で、より刺激を受けるできごとがあった。夏休みに行われる夏期社会実践活動※に参加したのだ。日本の小学校に通っていた頃、夏期学校に参加していた私には忘れられない思い出がある。

夏期学校ではじめて自分の名前を朝鮮語で書いた日のできごとを、私は今でもはっきり覚えている。次は、私が子どもたちに、彼らの名前を朝鮮語で教えてあげる番だ。

朝鮮語の名前練習帳を作り、対象になる子どもの家を訪ねた。

その練習帳を作りながら私は考えた。昔と今をくらべて、自分の名前を使う重みが変わっているということを。だけど、どうして重みがちがうと感じるようになったのだろう？

それは、高1の時に参加した歴史実習のときだった。

私たちは、栃木県足尾銅山にある朝鮮人慰霊碑を訪ねた。異国の地、日本に強制連行され、危険で悲惨な労働のすえ犠牲となった先代たちを慰めるために建立された慰霊碑だ。

恋しい家族に会うこともかなわず、懐かしい故郷に帰ることすらできなかった先代たち、暗く湿った坑道の中で、来る日も来る日も弾圧と蔑視を受け続けた奴隷生活。そうしてこの世を去った先代たちの慰霊碑は、古く薄い一枚の板で立てられていた。

私は、慰霊碑の横に、土で隠されるようにして置かれていた薄い板を見つけた。そこには、自分の本名ではない、先代たちの日本名が刻まれていた。

それを見て私は感じた。

「チャン・ソナ」。

この名前は、この世に二つとない。私たちの先代が積み重ねてきた歴史の上に存在する尊い名前だ。私はこれほどまでに大切な名前を自分が持っているということを、その時、改めて知ったのだった。

私は、名前には目に見えない大切な意味が込まれていることを知った。その大切な名前を朝鮮の文字で書けるということが、どれほど大事で幸せなことなのか！

私たちは、今日も朝鮮人であり、明日も必ず朝鮮人である。

夏期学校に参加した子どもたちはまだ、自分の存在、名前についてよくわからないだろう。しかし、かつての私がそうであったように、名前だけでも朝鮮語で教えてあげることができれば、それがいつかは人生に刻まれることになるはずだ。

民族教育五年目。

私は「チャン・ソナ」という人が、朝鮮人として存在しているということを実感している。「チャン・ソナ」は、自分が立つべき場所を教えてくれた。そして、私の世界を変えてくれた。

「チャン・ソナ」。

世界にただ一つの誇らしい名前だ。

※夏期社会実践活動：朝鮮高校生を対象にした社会体験学習プログラム。夏休みの間に二週間程度行われる

4 祖国統一という悲願

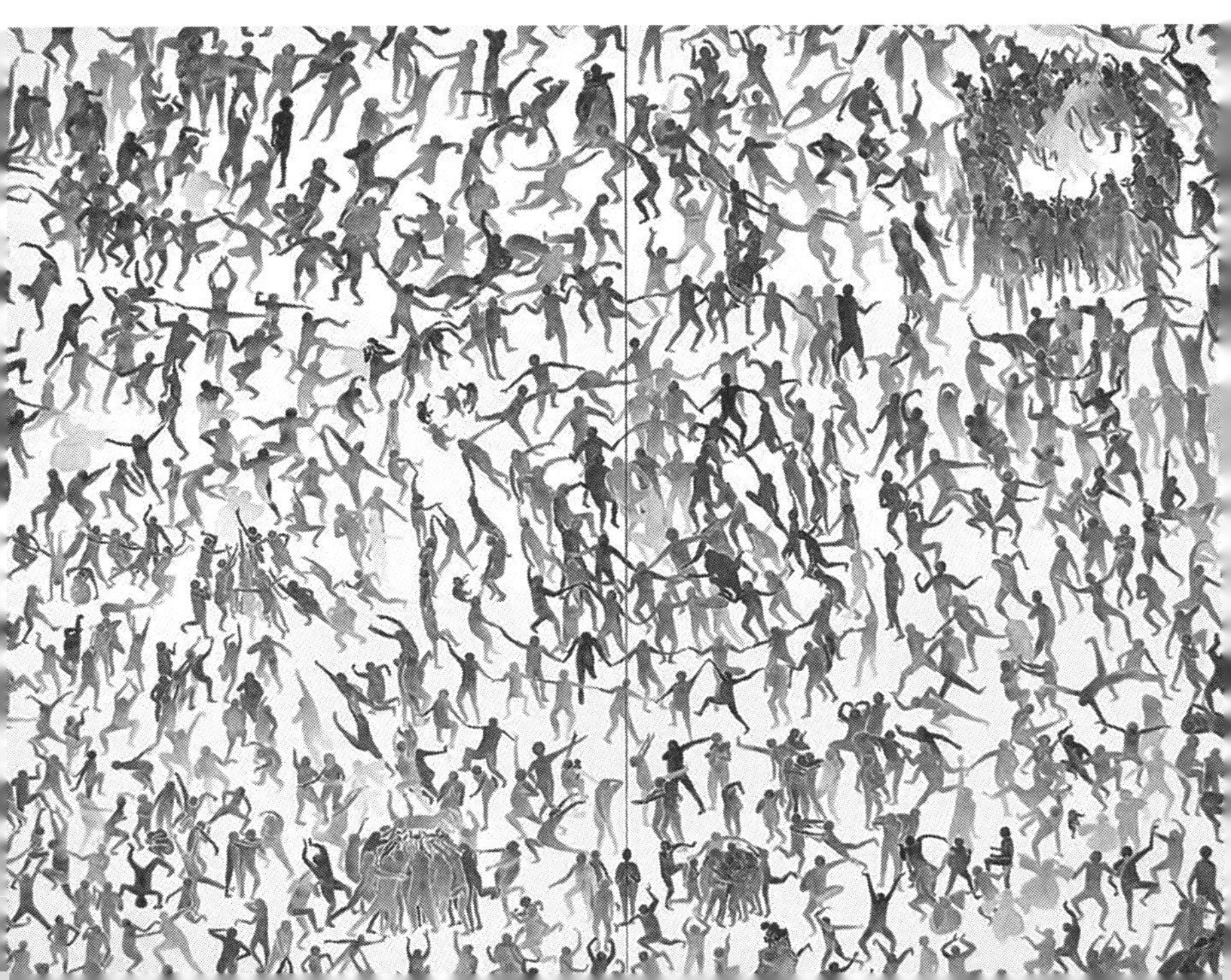

どんなに良いだろう

ナム・デハ（南武朝鮮初級学校初5、2014年）

毎朝うれしそうな顔をして
先生が『朝鮮新報』を抱えてくる
（今日は誰が金メダル？
どんな選手が世界新記録？）

仁川アジア大会
毎日報じられる
朝鮮の活躍
喜びと期待で胸がドキドキ

けれど先生の話は
世界新記録でも金メダルでもなかった

『朝鮮新報』を開きながら言うことは
「祖国!」「統一!」
「われらは!」「一つ!」
仁川の空に鳴り響いたとのこと

朝鮮の選手が行く先々で
スタジアムに鳴り響いた熱い声
北の選手と南の応援団が
声を合わせた統一のかけ声

「どこの誰かが私たちの国を引き裂いても
一つの民族の心は引き裂けない」
先生の話を聞いている
ぼくの胸も波打った

祖国が一つになったら
どんなに良いだろう

金メダル、世界記録が最高になるのかな
サッカーだって南北対決より
統一チームで優勝かぁ

北と南、在日の選手たち
一つになればどんなに良いだろう
一つになればどんなに誇らしいだろう

仁川の空に響いた声は
ぼくらの願いを込めた声

ぼくらが活躍するのは明るい未来
一つになった祖国の名前を輝かせる
統一の日を願う声

どんなに良いだろう
その日が来たら…

わが家の歴史的三日間

キム・ヒジン（東京朝鮮第二初級学校初5、2000年）

2000年6月13、14、15日
父さん、母さんは喜びでお腹いっぱいだった日
ぼくと兄ちゃんは腹ペコだった日

いつもは夕方7時にご飯を食べるのに
この三日間は8時を過ぎた

理由は分かりそうなもの
テレビの前から
動かなかったから

母さんがテレビを見る目が

いつもと違った
集中していた

13日6時
「母さん、早くご飯」
「ちょっと待って」
「母さん」
「待ってったら
ヒジンもここに来て一緒に見よう
金正日国防委員長と金大中大統領が
握手をしてる!」

14日6時
「母さん、ご飯の準備はまだ?」

「すぐやるから少しだけ…」

「母さん、新聞なら後で見れるじゃん!

早くご飯作ってよ」

その日のおかずはトンカツだった
15日6時
「母さん、今日は早くご飯作って」
ぼくは今日も歴史的な日だから
仕方ないとわかっていた
それでも言うだけ言ってみた

「ご飯作って」

「…」

「作ってよ」

「…」

「早く」

「ちょっと、静かにしてよ!」

テレビの中では
国防委員長と大統領が抱き合っていた
母さんの横にはティッシュの箱

歴史的な三日間
腹ペコくらいは
がまんしなきゃと考えた

名前に込められた意味

カン・ハナ（大阪朝鮮高級学校高1、2016年）

「名前の由来を聞いてきなさい」
授業中に聞いた言葉
友だちみんなが考えている時
私はここぞとばかりに発言した

私の名前に込められた意味
「統一のために働く人になれ」
両親がつけてくれた名前
「ハナ」※とつけてくれた私の名前

この響きが好き
私は「ハナ」が好きだけれど

妹は自分の名前がいやだと
聞き慣れた名前が良かったと
不満をこぼす

妹の名前は「ソウォン」※
私と同じ「意味」を持つ妹
「私たちの願いは一つ」という
両親の望みが込められた名前

「私たちを知っている人がいるよ！」
ある日、ソウォンが言った
瞳をキラキラさせながら
遠く離れた朝鮮学校に
私たち姉妹を知る友だちがいる
珍しい名前だと有名になったようだ

その時気づいた

両親の本当の気持ち
祖国を「ハナ（一つ）」にしようという
統一の「ソウォン（願い）」を
私たち姉妹が率先して
同胞たちと共にかなえよという
熱望を

「私たちの願いは一つ」

私はこの意味を胸に刻み
ソウォンと一緒に歩んでいく
どんな困難が立ち塞がろうと
私たちは共に歩んでいく

統一の願いを必ずや実現して
一つになった祖国を見るため！

※ハナ：하나＝ひとつ
※ソウォン：소원＝願い

朝鮮地図

リ・ウジャ（茨城朝鮮初中高級学校高1、1981年）

わが家の壁には、黄ばんで所々やぶれた朝鮮地図が貼ってある。この地図は、私が日本の学校に通っていた頃、すなわちうちで朝鮮語を読める人が一人もいなかった時から、その場所に貼られていた。

当時父が、年端のいかない私に「これがお前の国だ」といつも教えようとしていたことが、今も記憶の片隅に残っている。

私は朝鮮学校に編入して、次第に「故郷」という言葉を聞くようになった。友だちが教室の壁に貼られた朝鮮地図を指して、「私の故郷は慶尚北道」「ぼくは全羅南道」などと話すのを聞き、私も自分の故郷がどこなのか知りたいと思うようになった。

家に帰って父に聞いてみた。

「お父さん、私の故郷はどこ？」

父は「忠清北道だ。あの地図で一度探してごらん」と言った。その頃ようやく朝鮮語を読めるようになった私が、地図の中から「忠清北道」と赤く書かれた文字をやっとの思いで探し出し、「あったよ、お父さん！　忠清北道、忠清北道！」と大喜びしたことを、今でも覚えている。

朝鮮学校で民族教育を受けるようになり、歳月が流れるとともに、故郷について知りたいという思いが増してきた。

寄宿舎生活をしていた私は家に帰るたび、「お父さん、私たちの故郷は忠清北道の何郡なの？そこはどんなところ？」と、故郷についてたびたび質問したりした。父が答えると、また地図の前にかけ寄って「堤川郡（チェチョングン）」を探し…。そうして父から故郷についての話を聞くうちに、私の親戚が今も故郷に住んでいて、父が数十年間も親戚に会えずにいることも少しずつ知るようになった。

私は朝鮮学校で朝鮮の地理を学び、家に帰ってきては地図の前で鉄道が通っている道をなぞりながら、堤川から平壌に行くためには列車をどう乗り換えれば良いのか…ひとり時が経つのも忘れて夢中になっていた。ところが…鉄道は途切れていた。平壌までつながっていたはずの鉄道が、軍事境界線で途切れていたのだ。私はその時まだ初級部生だったけれど、幼心にその衝撃は大きかった。

その時から長い歳月が流れたが、いまだにその鉄道はつながっておらず、南北の同胞たちは今も互いに行き来できずにいる。

今も家に帰る度にその地図を眺めるけれど、こんなに黄ばんで汚れてしまった地図を、うちの家族の誰一人としてはがそうとしないことを不思議に感じる。一度は私が「お父さん、この地図もうはがしたら？」と言ってみたが、父も弟も、朝鮮語を知らない母までもが、その地図は絶対に外してはいけないと言った。確かにその通りだ。この地図が私たちに、故郷への愛着を持たせてくれたから。

私は故郷に行ったことがない。それでも私たち家族は、いつも壁に貼られた地図を見ながら故郷を思い描く。森の中を流れる清らかな小川、青い空を自由に飛び交いながらさえずる小鳥たち。

しかし、私の故郷は今、米軍の軍靴に踏みつけられ、その美しい姿を失いつつある。いつの日か米軍を私たちの手で追い払い祖国統一を実現すれば、私たちは皆、故郷に帰って幸せに暮らすのだろうか。

私は、何よりも私たち朝鮮民族が、祖国統一を喜び、皆幸せに暮らす日を一日でも早く実現することを願っている。そのためにもよりよく学び、社会実践活動に積極的に参加していきたい。

朝鮮市場に統一旗がはためく

キム・ジョンテ（東大阪朝鮮中級学校中1、2000年）

ぼくたち家族は三年前、朝鮮市場の真ん中にあるおばあさんの家に引っ越してきた。

引っ越した当時は、ニンニクの匂い、キムチの匂い、チヂミを焼く匂い、お餅を蒸す匂いが鼻をついて、あまり良い気がしなかった。加えて、となりの家から聞こえてくる「この、アホんだら、出ていけ！　この豚野郎！」という罵り声に、ゆっくり寝ることもできなかった。

さらに「カッコノ、コーチョーセンセガ、ユウタカ（学校の校長先生が言ったか）」という、一世のおばあさんの済州島なまりが聞き取れず、返事もせずにキョトンとしてばかりいた。

また、今考えてもおかしいが、こんなこともあった。

家の横の細い路地を入ったところにある家から煙が出ていると大騒ぎになって、消防車が来たのだけれど、それが火事ではなくゴキブリを捕るためのバルサンの煙で、それがモクモクと上がる様子にとなりのおばあさんが「火事だ！　火事だ！」と叫んで、その声に驚いたおばあさんが消防署に電話をかけて、消防車が駆けつけたというものだった。なのに本当に火事になった時は、バルサンだろうと思って放っておいたものだから、本当に家が焼けて大変だったということもあった。

ある時は、となりの徳山餅店にカラスが飛んできて、焼いたチヂミをクシバシで突いて取っていくかというと、そのカラスを捕まえるために追いかけ回すおばさん、こんな光景は朝鮮市場でしか見ることができない様子で、けんかのない日、事件のない日の方が珍しいというのが、ここの特徴だと言える。

ところが、この朝鮮市場が大きく変わるできごとが起こった。餅屋、チョゴリ屋、豚肉屋、いろんな店のたくさんの人たちが仲良く笑い、涙を流し、踊って、一つの家族のようになった日があった。

それは、6月15日。南北首脳会談が開かれ、金正日国防委員長と金大中大統領が固く握手を交わし、南北共同宣言を発表した日のことだった。この様子がテレビで放映されると、そこら中の人たちが「やっと統一された！　これから、北でも南でもなくなった！」と、互いに手を取り喜び合っていた。

また、テレビ局の人、新聞記者たちのインタビューに、おじさん、おばさんたちは商売も忘れて、先を競って喜びの声を伝えまくった。当然、ぼくの両親も、ぼくもその一人だった。

その日の夜は、朝鮮学校の運動場で、翌日は公園で「統一広場」が開かれた。南北共同宣言を熱烈に支持して、連日祝賀会が催された。無料で焼肉をたらふく食べ、思いっきりお酒も飲める祝賀会で、祝杯をあげる声が鳴り止まなかった。

統一旗※をなびかせながら「朝鮮は一つ！」「民族は一つ！」と叫ぶ声が、夜空に響き渡った。統一旗をひるがえしながら、運動場のど真ん中で「統一列車」※の音楽に合わせて、みんなで踊った。おじいさん、おばあさん、お父さん、お母さん、学生、幼稚園の子どもたちまで、踊って、踊って、踊って、「統一列車」を走らせた！　漢拏山から白頭山まで、踊り列車が走り抜けた！再びつながった京義線※が、ソウルから平壌まで大歓迎を受けながら走り抜けた！

今までけんかばかりしていた人たちが、仲良く手を取り合い、チャンゴ※を叩き、ゆかいに踊る姿を見ると、この日の朝鮮市場はまさしく統一されたような雰囲気だった。

踊りは時間が経つのも忘れたように続き、「われらの願い」の大合唱へと続いていった。肩を組み、歌をうたうおじいさん、おばあさん、お父さん、お母さんたちの目から流れる涙が星のように輝いていた。ぼくはその涙を見ながら、祖国統一が成し遂げられる日を、みんながどれほど待ち焦がれていたのかわかったような気がした。

ぼくは、祖国統一が今日だけでなく、朝鮮市場だけでなく、本当に実現されたらどんなにいいだろうかと考えた。統一されたら、みんなが仲良く手を取り合い、ゆかいな大家族のような朝鮮市場になると思うと、さらにうれしかった。

再び朝鮮市場に統一旗がはためき、統一された日が来た。

それは、シドニーオリンピックが開催された日だった。北と南の選手たちが、統一旗をなびかせながら、合同入場する様子がテレビに映し出された時、6月15日と同じような拍手と歓声で、朝鮮市場は盛り上がった。この日もまたテレビ局から取材をしに来たが、ぼくもそこに参加した。

「もう統一は遠くない！」「私たちの国が一番！」こう話しながら涙を流す人たち！「次のオリンピックに、南北合同チームが出たら無敵だ！」と自信満々に拳を振り上げる人たち。

ぼくはその日、朝鮮市場で暮らせて良かったと思った。それは、朝鮮市場ではもう、統一の喜びを味わうことができたからだ。だから本物の祖国が統一されたら、朝鮮の人みんなが仲良く幸せに暮らせると思う。

以前はそれほど好きではなかったキムチの匂い、ニンニクの匂いが、今となってはどんなに良い匂いに感じられるか。今日もぼくは鼻歌をうたいながら、朝鮮市場を歩いている。

※統一旗：朝鮮の統一を象徴する旗。朝鮮民主主義人民共和国と大韓民国がスポーツ大会などに単一チームで出場する際に用いられる旗

※統一列車：「統一列車は走る」の音楽に合わせて繰り広げられ、みな肩に手を置き一つながりになって踊る。在日朝鮮人の祖国統一への願いを込めて、祝いの席でよく行われる

※京義線：ソウルと新義州をつなぐ鉄道。南北分断に伴い分断されてきた

※チャンゴ：朝鮮の民族打楽器

ぼくが貯金をする理由

ソン・ヒグ（南武朝鮮初級学校初6、2003年）

ぼくは今貯金をしている。

毎月一度しか出ない大事なおこづかいの半分を、貯金箱に入れている。

うちには初級部3年生から、自分の年かける100くらいのおこづかいがもらえるというルールがある。3年生の時に初めておこづかいをもらった時、あまりにうれしくて、毎月何を買おうかと考えるのが楽しみだった。新しいゲーム、スパイク、ユニフォームなど欲しいものはたくさんあるけど、ぼくの一ヶ月のおこづかいで買えるものはほとんどなかった。

それでぼくは貯金を始めた。毎月おこづかいを節約しながら、少しずつ貯めたお金で欲しいものを買った時の喜びは、言葉で表すことができない。今も欲しいものは多い。だけど、今貯金をしているのはそのためだけではない。ぼくは集めたお金でおじいちゃん、おばあちゃんを連れて、お父さん、お母さん、弟たちと一緒に、ぼくの故郷である忠清南道にまた行くためだ。

ぼくは今年の春、生まれて初めて家族と一緒に故郷に行った。

昨年の夏、ぼくのおじいちゃんは、総聯故郷訪問団※の一員として60年ぶりに故郷の地を踏んだ。日本に戻ってきたおじいちゃんは、ぼくたちにその時の喜びと感激を、涙を流しながら話してくれた。そして「おれが生きているうちに、お前たちと一緒にまた行きたい」と繰り返した。

その後ぼくのお父さんは、年老いたおじいちゃんの願いを叶えようと、総聯本部※に訪ねていき、故郷の親戚とも連絡を取り、ついに家族全員で故郷に行けることになった。ぼくはその日から、故郷の景色を思い浮かべ、旅立つ日がくるのを指折り数えた。

ついに日本を出発する日。顔中うれしさがあふれたおじいちゃん、おばあちゃんとぼくたち家族は、喜びと期待を胸に飛行機に乗り込んだ。飛行機は2時間半という短時間で仁川空港に到着した（故郷はこんなに近かったんだ…）。

こんなに近くにある故郷に、60年間も行けずにいたおじいちゃん、そして、ようやく行けることになったぼくたち家族。学校で、祖国が二つに分かれているということが、大きな悲しみになっていると習ったけれど、まさにこれなんだと改めて思った。

「叔父さん！」

声がする方を振り返ると、ぼくはとても驚いた。親戚が出迎えてくれたのだが、みんなおじいちゃんそっくりだったからだ。それでだろうか、初めて会ったような気がしなかった。

ホテルでおじいちゃんはぼくたち家族を一人ずつ紹介して、ぼくたちに故郷の親戚を紹介してくれた。親戚は、おじいちゃん、おばあちゃん、お父さん、お母さんとうれしそうに話をしながら、朝鮮語で会話をするぼくたち兄弟に大きな関心を寄せたようだった。

おじいちゃんは、ぼくの両親と兄弟が朝鮮学校で学んだため朝鮮語を知っていると誇らしそうに話した。ぼくはぼくより一歳年上の親戚のお姉ちゃんと気が合った。一緒に食事をして、学校や、遊びのことなど、話は途切れなかった。お姉ちゃんは「日本で生まれ育ったあなたたちが、どうしてそんなに韓国語が上手いの?」と驚いていた。

ぼくが、朝鮮学校で母国語と文字、朝鮮の歴史を学んでいることや、楽しいことも多いけれど、日本の悪い報道のせいで一時は制服を着られなかったことなど、辛いこともあったという話を一つひとつ聞かせてあげた。お姉ちゃんは、何度もうなずきながら「日本に朝鮮学校があるなんて知らなかった。本当にヒグは偉いね」と言っていた。

ぼくたちは時間が経つのも忘れて話し続け、親戚の人たちはぼくら三兄弟が朝鮮語を上手に話すとほめてくれた。ぼくはとっても嬉しかった。

その次の日から、教科書や写真でしか見たことがなかった有名な瞻星台(チョムソンデ)、石窟庵(ソククラム)※などの歴史遺跡、名勝地を巡った。ぼくは夢を見ているようだった。空気も澄んでいて景色も美しく、初めて見る人たちもみんな温かい故郷の地、何よりぼくらのおじいちゃんが幼い頃を過ごしたその足跡が刻まれた故郷の地。ぼくは故郷で見る全てのものが大切に感じられた。

夢のような日々が過ぎるのはとても早い。最終日、ぼくたちは、ぼくたちを温かく迎え入れ、お世話をしてくれた親戚と別れの挨拶を交わした。少し悲しかったけれど、涙は出なかった。なぜならまたきっと会えるという思いがあったからだ。

日本に戻った後、故郷で過ごした日々が頭の中から離れず、何日も経ったのにまた行きたい気持ちがしょっちゅうわいてきた。そんなぼくを見て、お父さんは近々また行けるだろうと笑った。

その時までぼくにできることは何だろう？

朝鮮語の勉強をもっとがんばって、故郷の親戚と、故郷の人たちと、もっと上手に話せるようになること。そして故郷にいる親戚よりもっと祖国についてよく知り、ぼくがいろんなところを案内できるようにすること。そして何より、お父さん、お母さんの負担を軽くするために旅費を貯金することだ。

ぼくにはあれこれ欲しいものがたくさんあるけれど、今はがまんする。

一度に入れるお金は少ないけれど、故郷に行く日を思い貯金をする。貯金箱がパンパンになって何個にも増えた時、うちの家族だけじゃなく、韓国に故郷があるたくさんの人たちと、自由に故郷に行き来できるようになると良いなと思っている。

※総聯故郷訪問団：2000年6月の南北首脳会談後、在日本朝鮮人総聯合会の初の故郷訪問が実現。日本の植民地支配により家族が離ればなれになった人たちが、韓国にある生まれ故郷を訪ね、墓参や祭祀を執り行ったり、家族・親戚らと語りあった

※総聯本部：在日本朝鮮人総聯合会の都道府県単位の事務所

※瞻星台（チョムソンデ）：韓国・慶州にある世界最古の天文観測台

石窟庵（ソククラム）：韓国・慶州にある仏教遺跡

おじいちゃんの手帳

アン・ホナム（横浜朝鮮初級学校初5、2018年）

「朝鮮地理」の時間でした。朝鮮の山脈と平野を習っていた時、全羅道に「湖南（ホナム）」という名の平野がありました。不思議なことに私の名前とまったく同じでした。

「湖南平野」を探したクラスメートが、笑いながら私の顔を見ました。

これまで「ホナム」という名前について「男の子の名前みたいだね」と言われたり、「テレビに出てくるマンガの主人公みたいだね」などとからかわれたことがありました。そんなことがあるたびに、私は恥ずかしくなったり、腹が立ったりしました。

私の親は、どうして私に「ホナム」という名前をつけたのか疑問に思うことはあっても、これまで自分の名前に込められた意味について詳しく聞いたことはありませんでした。

先生も「湖南平野の湖南という地名は、ホナムの漢字名と全く同じなので、何か関係があるかもしれないね?」というのでした。

それで私は、自分の名前の由来を調べてみようと思い、おばあちゃんの家に向かいました。

おばあちゃんと学校の話や部活の話をしながら、少し前に「湖南平野」について学んだのだけど、私の名前と何か関係があるのかと尋ねてみました。

するとおばあちゃんは「ホナム、ちょっと待ってね」と言って、一冊の手帳を取り出してきました。

「おばあちゃん、これ何?」と聞くと、おばあちゃんは「この手帳はあなたのおじいちゃんの手帳よ」と言いながら、手帳を私の手の上に置いたのでした。

おばあちゃんはその手帳が、おじいちゃんが生きていた時にいつも持ち歩いていたものだと言いながら、ページをめくってごらんと言いました。おじいちゃんは今からずいぶん前に交通事故で亡くなりました。私のお父さんがまだ高校生だった時のことです。なので私は、おじいちゃんに会ったことがありません。いつもおばあちゃんの家に飾られている写真でだけ顔を合わせています。

おじいちゃんが生きていた時に使っていた手帳を見ると、なぜだかドキドキしました。手帳をめくると、おじいちゃんと実際に会っているような気持ちになりました。

手帳にはこのように書かれているページがありました。

「アン・ホナム、アン・チソン、アン・チウン…」

(どうして私の名前がおじいちゃんの手帳に書かれているんだろう!?)

私は驚きました。おばあちゃんにどうしておじいちゃんが「ホナム」という名前を書いたのか聞いてみました。

おじいちゃんはその時すでに孫の名前を考えていたそうです。そして、おばあちゃんは、この湖南平野がある地域が、まさにおじいちゃんの故郷がある全羅道湖南地方だと言いました。遠い昔に、全羅道湖南地方から私のひいおじいさんが日本に渡ってきたそうです。その後、おじいちゃんが九州で生まれました。おじいちゃんは幼い頃、朝鮮学校に通えなかったそうです。そのため、おじいちゃんの字は決してきれいとは言えないものでした。それは、おじいちゃんが大人になってから朝鮮の言葉と文字を習ったからです。それでもおじいちゃんは、誰よりも自分の祖国と故郷である全羅道を愛したそうです。

おじいちゃんの夢は、祖国が統一したら故郷の全羅道湖南地方に行くことだったそうです。それで、孫が生まれたら、たとえ日本で暮らしていても、自分の故郷を忘れないで欲しいとの願いを込めて、故郷の地名である「湖南」という名前をつけようと言ったそうです。改めて私は「ホナム」という私の名前が、出会ったことのないおじいちゃんが、自身の願いを込めて直接付けてくれた名前だということを知ったのでした。

私の名前に、これほど深い意味が込められていたことに驚き、胸が熱くなりました。

この広い世界のありとあらゆる国の人たちには、すべて名前があるでしょう。そして、みんなの名前には両親やおじいさん、おばあさんの思いが込められているでしょう。

その中でも、「ホナム」という名前ほど素敵で誇らしい名前は、この世のどこにもないと思います。この手帳の中からおじいちゃんの声が聞こえてくるようです。

「ホナム、日本で暮らしていても、いつも自分の故郷を忘れてはならない。勉強をよくして、学校生活もがんばって、立派な朝鮮人になるんだよ」

私も、おじいちゃんがつけてくれた素敵な名前に恥じぬよう、勉強と学校生活をがんばりたいです。そして、いつか成し遂げられる祖国統一の日に、おじいちゃんの願いであった全羅道湖南地方に、おじいちゃんの気持ちを抱えて必ず訪ねていきたいです。

5　未来に向かって

引っぱれぇ！

キム・リョンス（北海道朝鮮初中高級学校高１、２０１６年）

初夏のグランド　照りつける太陽のもと
札幌同胞大運動会が開かれた
テント席に腰かけた　ぼくのじいちゃん
生涯同胞のためだけに生きてきた長きにわたる歳月
朝青、分会、支部、本部、顧問※…
同胞たちとともに行った運動会は数しれず

子ども４人、孫13人が育つ間
欠かさず参加した朝鮮学校の運動会
今日は同胞大運動会だと
喜びに満ちた表情で座っている
となりにいるぼくは11番目の孫　15歳

じいちゃんは86歳

徒競走、玉入れ、競技はたくさんあるけれど
今日の目玉は全校児童生徒、同胞たちが
総動員、総力戦で挑むこの競技
グランドの真ん中で　紅、青にわかれ
あごを上げてヨイショ！　腰を下げてヨイショ！
真っすぐ伸びた１００メートルの大綱

若者、年寄り、子どもも汗流し
左にヨイショ！　右にヨイショ！
心一つに！　呼吸を合わせて！

見つめる　じいちゃん
今日まで見続けてきた　運動会の大綱引き
同胞たちの底力は計り知れない
子どもたちの力は無限だと

確信している生き証人

団結こそが命
生きるためには団結だと
まっすぐ伸びた大綱が
まるで　じいちゃんの人生のように
一つになった同胞の力
屈することを知らない強い心

過去から現在、そして未来に
じいちゃんから子、孫のぼくへと
つながりつなげる命と魂のリレー
じいちゃんが拳を振り上げ応援する
同胞たちを応援する
「引っぱれぇ！」

全校児童生徒を応援する
「引っぱれぇ！」

じいちゃんの後輩たちを応援する
「引っぱれぇ！」

※朝青：青年組織、在日本朝鮮青年同盟の略称
顧問：長きにわたり要職で活動してきた方に与えられる称号

根

ペ・ハジャ（山口朝鮮高級学校高1、1996年）

魅力的な花を支える
目立たぬ茎
目に見えない地中には
長く伸びた根がある

人々の関心は花に向き
下に行くほど視線は遠のく
しかしそれは
力強く頼もしいかくれた力

雨の日も風の日も
真冬の極寒のさなかでも

めいっぱい地中に根を伸ばし
明日への力を蓄える

誰も知らない
地中どこまで伸びているのか
誰も知らない
蓄えた力の大きさを

人知れぬ努力
春には次々花を咲かせ
春を春としてつかさどる
根は春の創造者

春の日が心うれしく浮き立つのは
春の日が生きる喜びであふれるのは
春の日が幸せの象徴になるのは

地中深く伸びている
真冬に明日への力を蓄えた
目立たぬ縁の下の力持ち
根があるためではなかろうか

魅力的な花を支える
目立たぬ茎
目に見えない地中に
長く伸びた根がある

根があり
われらの春が訪れ
根があり
輝かしい未来が花開く

同い年

リョ・イナ（京都朝鮮中高級学校高3、2006年）

私は日本で暮らしています
彼は朝鮮で暮らしています
私は「ウリマル[※]」で会話をします
彼は「朝鮮語」で会話をします
私は背が高いです
彼は背が低いです
私の爪は白いです
彼の爪は黒いです

私は学生です
彼は軍人です

私が学校で勉強する時
彼は軍隊で訓練します

私が「自分だけ」のために生きている時
彼は「自分の国」のために命をかけます

私が「進路」を考える時
彼は「未来」を考えます

私は日本で暮らす学生です
彼は朝鮮で暮らす軍人です

初めて祖国を訪問した日々
出会った私と彼

私が思いっきり笑った時
彼も明るく笑いました

私が「希望の歌」を一生懸命うたう時
彼も「統一の歌」を熱唱しました

私がまた会おうと手を差し出した時
彼も必ず会おうと手を固く握り返しました

私が名残惜しくて涙を流した時
彼の目にも涙が浮かびました

私は日本で暮らしています
彼は朝鮮で暮らしています

将来私が彼を思い浮かべる時

彼もまた私を思い浮かべるでしょう
私は18歳です
彼もまた18歳です

私と彼は「同い年」です

※ウリマル：私たちの言葉＝朝鮮語。本作では在日朝鮮人の言葉がネイティブのものとは異なるとの意味で使用

心の視力

チョ・ヒヨン（北海道朝鮮初中高級学校中3、2013年）

右が0・1　左が0・15
両面を薄めてやっと0・2
見えるのは私の手だけ
まったくさえない私の視力

だけど気にしない
私にはメガネがある

メガネをかければ
黒板の文字もはっきり見える
みんなの笑顔もよく見える

なのに
一つだけよく見えないもの
それは母さんの気持ち
メガネをかけてもよく見えない

心にかけられるメガネがあったら
怒った時、悲しい時
母さんの気持ちをのぞいてみる
耳の痛い話は聞きたくないから

いや、それではダメよね
心にメガネはかけられない
だから私は
心の視力を育てなくては

両目の視力は伸びなくても
心の視力は

伸ばせるはず
努力すれば伸ばせるはず

メガネで見る世界より
心の視力を伸ばして見る世界

世界中の人たちに喜びを
より広い世界に羽ばたく夢
私は心の視力を伸ばしていく

心の視力で見る世界
母さんの笑顔も
人々の幸せそうな顔も
私たちの明るい未来も
きっとよく見えるだろうから

成長

シン・ヒョンシム（東京朝鮮中高級学校中1、2015年）

家から東京中高がある十条駅まで、1時間30分かかる。私はいつもすし詰めの満員電車に乗って学校に通っている。電車の中には、朝の通勤ラッシュですでに疲れ果てているサラリーマンや、自分の体より大きなランドセルを背負って学校に行く小学生もいる。また、電車の中を見渡すと、ずっとスマホを触り続けている人がいるかと思うと、読書に夢中な人もいる。

スクールバス通学をしていた初級部時代には、見ることがなかった光景を、毎日のようにながめている。そして、今までしたことのなかった経験もするようになった。

はじめは、何度も乗り換えを間違えて、下校の時には眠気に襲われ、終点まで行ってしまったこともあった。さらに、お弁当のカバンを電車の中に忘れたこともあった。

そんなある日のことだった。

その日は運よく椅子に座れたのだけれど、電車の中はいつも通り混んでいた。いくつ目かの駅で、お腹の大きな妊婦さんが乗ってきた。はじめは何とも思わなかったのだけど、彼女の姿を見ているうちに、誰かが席をゆずってあげるべきではないかとの思いがしてきた。

だけど、朝練に向かうところだったので私は立ちたくなかった。それで私は、周りを見渡した。寝ている人、勉強している人、スマホを見ている人…。席をゆずろうとする人は誰もいなかった。

(ゆずるべきだよね⁉)

(でも、そんなことしたら、私が座れなくなるじゃない⁉)

心の中で、二人の私が言い争っていた、その時、私の前にいた彼女と目が合った。

「マズイ…」

私はどうすることもできず、瞬間的に目をそらし、その直後に寝たふりをしてしまった。それがどれほど愚かなことかわかっていたけど、じっと目を閉じたままでいた。その妊婦さんは、もういくつかの駅を過ぎて、私より先に降りた。

この時間がとてつもなく長く感じられたので、その時、私は胸をなでおろした。

そんなことをしながらも、一方ではなぜか落ち着かない気持ちにさいなまれた。もう何も心配しなくても、堂々と座っていられるのに…。

次の日、私が乗った電車に、また別の妊婦さんが乗ってきた。それでも、当然満員電車なので座ることはできない。その日は私も立っていた。彼女は荷物も多かったし、汗もたらたら流れていたので、大変そうなのは一目で分かった。

私は、座席に座っている人たちを見渡した。その人たちは何の関係もないというふうにスマホを見ながらずうずうしく座っていた。私は腹が立ってきた。ところが、その時ふと、昨日のことが思い出された。

妊婦さんが目の前に立っていたというのに、私は寝たふりをしたではないか。昨日の私は、この人たちと何ら変わりがないということに気がついた。

席をゆずらない人たちは、見れば見るほど昨日の自分と重なってきて、自分でもわからないうちに顔が熱くなっていくのを感じた。とても恥ずかしかったし、すごく腹が立ってきた。平然と座ってる人たちに感じるのと同じくらい、自分にも腹が立った。


数日後、同じ車両におばあさんが乗ってきた。ちょうど私がやっと空いた席に座った時だった。おばあさんは足を引きずっていたので、けがをしているようだった。

私は、何の人助けもできず腹が立ったあの日のできごとを思い出し、勇気を振り絞って席をゆずった。

すると、電車の中の人たちが一斉に私を見たので少し恥ずかしくなった。おばあさんは、はじめは驚いた表情だったけれど、すぐに「ありがとう」と笑顔を見せてくれた。

私がその場を離れようとした時、おばあさんが突然私を呼び止めた。私が振り返ると、おばあさんは私の手のひらに何かを握らせてくれたのだった。それはアメの箱だった。私はおばあさんの顔とアメ玉の箱を代わる代わる見つめた。おばあさんは笑顔で「ありがとう」と言って、私の手をまた握った。

私はその時、自分がしたことはとてもささいなことだけれど、案外大事な経験だったということに気がついた。こうして想像もできないほどのいろんなことが、毎日のように起こる長い長い学校への道だけど、私は最近、私に大切な出会いをくれて、私を成長させてくれる通学の路が、思っていたほど悪くはないなと感じている。

署名用紙

チョ・スンリ（東京朝鮮第一初中級学校初4、1997年）

ある日、先生が私たちに署名用紙を配ってくれました。

私は（何かな?）と思いました。

先生は「この署名は、朝鮮学校の卒業生たちが、自分が志望する大学の入学試験を受ける権利を得るための署名です。たくさんの人たちの署名を集めましょう」といいました。

私たちは一斉に「はい!」と返事をしました。

私は家に帰って、この話をお母さんにしました。するとお母さんが「この署名を朝鮮の人から集めるのも大事だけど、日本の人から集めるのがもっと大事ね。日本人の支持を多く得るほど事がうまく運ぶのだけど、スンリができるかしら?」と言ったので、私は「もちろん、任せて!」と大きな声で答えました。

お母さんは「さすが、うちのスンリね。今日はもう遅いから、明日からがんばって」と言いました。

次の日、学校から帰ってきた私は、服を着替えて出かけました。私ははじめに、家のすぐ近くにあるお菓子屋さんのおばさんに署名をお願いしました。

お菓子屋さんのおばさんは、メガネをかけながら「何の署名？」と聞きました。私は大きな声ではっきりと言いました。

「この署名は、朝鮮学校の生徒たちが、自分が行きたい大学の受験をできるようにする権利を得るための署名です」

すると、お菓子屋さんのおばさんは「本当にえらい子だね。そんなことなら、すぐにしなきゃ」と言って、名前と住所を書いてくれました。

署名をした後でおばさんは「こんなに小さいのに、しっかり話すのを見ると、朝鮮学校の子どもたちは立派ですばらしいのね。頑張ってね。おばちゃんも応援するから」と言いました。

私は本当にうれしかったです。私がもらった「署名第一号」だったから！

次は、いろんな食べ物を売っているお店に行きました。お店で働いている日本のおばあさんは、三人分も署名をしてくれました。私はあんまりうれしくて「おばあさん、ありがとう！」と大きな声で挨拶しました。

（やったー。日本の人たちはみんな良い人みたい。この調子でやれば、今日中に20人はもらえるかもしれない！）

私はうれしい気持ちでニコニコしながら文房具屋さんに入りました。

その日は、息子さんが店番をしていました。

「お兄ちゃん、署名してください！」

（いつもこのお店で文房具を買っているから、間違いなくやってくれるよね…）

こう思いながら大きな声で言いました。


しかし、お兄ちゃんは署名用紙をじっと眺めていました。そして「小さい子にはやってあげられないな！」と言うではないですか!?

私はとんでもなく驚きました。

（鉛筆もノートも、いつもここで買っているのに…こんなことってある？…）

私はだんだん顔が赤くなっていくのがわかりました。

でも、そのまま帰るのはいやでした。それで私は「それじゃあ、お母さんと一緒に来たらやってくれますか？」と聞きました。すると、その人は黙って家の中に入ってしまいました。

仕方なく私はまた外に出ました。

（おばさんもおじさんも、みんなやってくれたのに…）

なんだか悲しくなって腹が立ってきました。

（今日はもうこれくらいにしとこうかな…お腹も空いてきたし…）

少し弱気になった時でした。

道を歩いていると、いつもお母さんが行っているお肉屋さんが見えました。

私は心の中で（お肉屋さんのおじさんがやってくれなかったら、今日はもう帰ろう…）

こう思いながら、勇気を出して大きな声で「署名してください！」と言いました。

私の声を聞いたおじさんは「ずいぶんしっかりしているな。君が大学に行く時までには必ず実現されるから、その時まで勉強をがんばるんだぞ！」と言いながら、快く署名をしてくれました。

（こんなにやさしい日本人がいるのに、文房具屋のお兄ちゃんたら本当に…。朝鮮人の問題をもっと知るべきよ）

こうひとり言をいっていると、気持ちがすっきりしてきました。

そして今度は八百屋さんに入りました。

お店の人も署名をしてくれて、お客さんも頭をなでてくれながら、家族五人分をすべて書いてくれました。私はうれしくて「ありがとうございます！」と何度も言いました。

夕方家に帰ると、おじいちゃんとおばあちゃん、おばちゃんたちが家に来ていました。みんなが私の署名用紙を見て、えらいね、いい子だと言いながら、私を代わる代わる抱きしめてくれました。

お母さんもとてもほめてくれました。

「スンリが良いことをしたわね。先生の言いつけを守り、良いことをしたからみんなが喜んでいるわ。この二枚の署名用紙には、スンリのすてきな気持ちが込められている。何事にも変えられない心の宝が込められている。この気持ちをいつまでも忘れないようにしようね」と言いました。

その日の夜、私はあまりにもうれしくて、いつまでも眠ることができませんでした。

父の国、母の国

リ・ユイ（南武朝鮮初級学校初6、2002年）

私は朝鮮人です。ですが、日本人でもあります。

なぜなら、父が朝鮮人で、母は日本人だからです。

小さい時から両親を「アッパ※」「オンマ※」と呼んでいながらも、自分が朝鮮人だとは知りませんでした。

自分が朝鮮人であることを知ったのは、朝鮮学校に入学して、朝鮮語や祖国について学ぶようになってからです。過去に朝鮮が日本の植民地であったという悲しい歴史を初めて学んだ時は、胸がとても痛みました。

（父の国と母の国が戦ったなんて…）

その時から私は、授業やいろんな話を聞く時、自分でも知らないうちに、ある時は朝鮮人の立場に立ち、またある時は日本人の立場から、物事を考えたり発言したりするようになりました。

朝鮮人を差別する日本人がいると聞くと、腹が立ち悲しくなり、朝鮮学校と日本学校が仲良く交流し、みんなが楽しく過ごしているとうれしくなりました。

私はすべての朝鮮人と日本人が、私の両親のように仲良くなれたらどんなに良いだろうかといつも考えています。

二学期が始まると、先生が、9月17日に歴史上初めて日本の首相が平壌に行き、金正日国防委員長に会うのだと教えてくれました。私はとても驚きました。先生は、両首脳の話し合いがうまくいけば、これから朝鮮と日本はとても近い関係になると言いました。私はうれしかったです。今度こそ本当に、朝鮮と日本が仲良くなるのだと思いました。

9月17日、学校で、小泉首相が平壌に到着したという知らせを聞きました。その後どうなったのか早く知りたかったけれど、部活を終えてすぐに塾に行ったので、知ることができませんでした。家に帰って母に聞くと、信じられない返事が返ってきました。

テレビをつけると、朝鮮が日本人を拉致したという報道が何度も繰り返されていました。私は信じられませんでした。信じたくありませんでした。

母は食事もとらず、ゆううつそうな顔でテレビの前に座っていました。これまで学校で、この話が出るたびに、先生がそんなことは絶対にないと話していたのに…。私は、何がどうなったのか理解できませんでした。

その時、突然、電話の音が鳴りました。

母が受話器を取り「はい、そうですか、わかりました。でも、これからどうなるのでしょうか…?」と言いながら、長いため息をつきました。

私はとても不安でした。頭の中で拉致、朝鮮、日本、そして学校という言葉が、ぐるぐる回っていました。その日の晩は胸の内があまりに複雑で、なかなか寝つくことができませんでした。

次の日は、母が学校まで送ってくれました。学校には制服を着ないで、私服で通うことになりました。校門に入ると、パトカーと警官の姿が見えました。心臓がドキドキしました。

この日、校長先生は、全校集会で「朝・日平壌宣言」の話をしながら、このような時に私たちについてよく知らない人たちが、良からぬことをすることがあるため、登下校の際にはとくに気をつけなければならないとおっしゃいました。

私は、校長先生の話を聞いても気持ちがすっきりしませんでした。教室に戻ると、先生が気落ちした様子で入ってきました。

先生は、これまで正しいと思って話してきたことが間違っていて、本当に申し訳ないと言い、私たちの父や母が日本でたくさんの苦労をしながらも、朝鮮人としてのプライドと誇りを持って気高く生きてきたことを話し、君たちもご両親のように朝鮮学校の児童として堂々と行動してほしいと言いました。

その日から登下校は先生たちと一緒にすることになり、下校時間も早まりました。

先生は毎日のようにこの問題について話をしてくれ、朝鮮新報と日本の新聞の記事を読みながら、分かりやすく説明してくれました。

国と国との間、そして、遠い歴史の難しい問題については分からないことが多く、理解することは難しくても、悲しいできごとがあったということだけは事実です。

（朝鮮と日本の関係が、もっと早く良くなっていたなら、こんなに悲しいことはなかったはずなのに…）という思いが、何度も頭の中に浮かびました。

これから「平壌宣言」の内容通り、父の国である朝鮮と母の国である日本が、早く国交を結び、仲良くなれたらどんなに良いだろうかと心から思います。

あの日から両親は、学校と私たちをとても心配し、懸命にサポートしようとしてくれています。

私の目には、二人が力を合わせて、私たちを守ってくれているように見えます。私は、そんな両親がとても誇らしいです。

朝鮮と日本も、私の父と母のように互いを理解し、力を合わせて助け合う、そんな良い時代が早くきたらどんなにうれしいことでしょう。

その日が必ず来ると信じています！

※アッパ：お父さん
※オンマ：お母さん

忘れられないあの日

ソン・ミリョン（神奈川朝鮮中高級学校中1、2004年）

私には近所の日本の友だちがいます。

その子と私は、毎日のように一緒に遊んでいて、家にも一緒に帰ってきました。

彼女の名前はハルカと言います。

私はハルカちゃんが大好きでした。

ハルカちゃんには、クラスメートには言えない悩みも、何でも相談することができました。

お母さんにも、いつも今日はハルカちゃんとこんな話をしながら帰ってきたとか、学校でのできごとがどうだったとか、何でも詳しく話しました。それほどハルカちゃんが好きでした。

私は、ハルカちゃんとの付き合いが今後も続くものと信じていました。私とハルカちゃんは、絶対に一生けんかすることなどないと思っていました。


しかし、私が少しも疑うことなく信じていたことは、あるできごとをきっかけに消え去りました。

ある日曜日のできごとです。

お兄ちゃん、私、妹、ハルカちゃん、そのお兄ちゃんが、近所の公園で鬼ごっこをしていました。私が鬼になってハルカちゃんをつかまえた時、ハルカちゃんが転んで足をくじきました。ハルカちゃんは陸上部で、一週間後に大会が控えていました。足が痛くて練習できないと、私のせいでこれまでの努力が台無しになってしまうと、すまない気持ちでいっぱいでした。万が一、足が治らず、大会に出場できなかったら…。何度もごめんねと謝っても許してもらえず、私は謝り続けるしかありませんでした。

すると、ハルカちゃんのお兄ちゃんが急に険しい顔で「ここは日本だから、朝鮮人は朝鮮に帰って、俺たちの前に一生を現れるな」と言いました。

私はあまりに驚いて何も言い返せませんでした。悲しすぎてどうしていいかわからなかったのです。その時、私のお兄ちゃんが、真っ赤な顔でハルカちゃんのお兄ちゃんに殴りかかりました。

大げんかが始まりました。二人とも顔が怖かったです。私は止めることもできず、その場に立ち尽くしていました。その光景があまりに怖くて、私と妹は泣き出しました。それを見たお兄ちゃんがけんかをやめて、家に帰ろうと言いました。

家でお母さんに、私が泣きながら話しました。

どちらが正しいのか？　もし私たちが間違っているのなら、どのように謝れば良かったのか話し合いました。私たちの話を、何も言わず黙って聞いていたお母さんの表情が、怖くなっていきました。

「先に手を出したお兄ちゃんが悪い。だけど、そんなひどいことを言った相手がもっと悪い。あなたたちはもう謝らなくてもいい。それからミリョンももう、ハルカちゃんと付き合うのはやめなさい。ミリョンにはハルカちゃんよりミリョンを大事にしてくれる友だちがたくさんいるじゃない？　近所の子と学校の友だち、どっちが大事？　そんなひどいことを言う子の妹と付き合い続ける必要がある？　ミリョンには難しいかもしれないけど、ハルカちゃんのお兄ちゃんが言ったことは本当にひどいことだよ！　これからあの二人とは関わるのをやめなさい！」

お母さんの言葉が私の胸を突き刺しました。お母さんの言うことが正しいと思いました。けれど私は、ハルカちゃんとはこれからも仲良くしていきたかった。なぜなら、いけないことを言ったのはハルカちゃんではないからです。

私はお母さんに「ハルカちゃんのお兄ちゃんとは付き合わなくても良いけど、ひどいことを言ったのはハルカちゃんじゃないから、私はハルカちゃんとは仲良くしたい」と言いました。

その時インターホンが鳴りました。ハルカちゃんと、ハルカちゃんのお兄ちゃんでした。

うちのお兄ちゃんが「何だよ?」というと、ハルカちゃんのお兄ちゃんが「さっきは本当に悪かった。俺が言った言葉が、お前らをどれほど傷つけたか分かったよ」と、泣きながら言いました。

許したくなかったけど、心底自分がいった言葉が、言ってはいけないものだったことを悔やんで謝りにきたのを見ると、許してあげることにしました。

ハルカちゃんは「一週間後に大会があるけど、もし出られなかったとしても、ミリョンのせいじゃないからね」と言いました。その言葉を聞いて、私は涙が出ました。私たちの姿を見ていたお母さんも泣いていました。

私にはクラスの友だちが一番大事かもしれないけれど、ハルカちゃんもとっても大事な友だちです。私は心の中で(ハルカちゃん! これからもよろしくね)とつぶやきましたが、恥ずかしくて言葉には出せませんでした。

お母さんが「ハルカちゃん、これからもミリョンをよろしくね」と言いました。その言葉に続いて、私も「これからもよろしく」と言えました。そして、「これからこんなけんかはやめようね」と約束しました。私とハルカちゃんは、簡単には切れない友情を、さらに深めることができました。

「ハルカちゃん、これからも仲良くしていこうね!」

名前のない「賞状」

キム・ソヨン（東京朝鮮中高級学校高1、2006年）

私はトラックの3レーンに黙って立っていた。

遠くも近くも感じられる100メートル直線コースの先にあるゴールをぼんやりながめた。

ホイッスルが鳴った。

私は太ももを強く叩いた。スタート台に足をかけ、自分のポジションを整えた。

確実に緊張しているはずなのに、今日に限って妙に落ち着いている、冷静な自分がいた。

「パン！」

（地面を蹴れ！　腕を強く振れ！　自分のリズム！　自分のリズム…）

ただそのことだけを繰り返し胸の中で叫んでいた。


高校1年生の部門100メートル走の私の記録は、13秒3だった。この記録は、高1の予選参加者56人中4位に登録された。

（都大会出場権を私はついに勝ち取ったんだ！）

自己新記録を出した喜び以上に、都大会決勝でより速い日本の学生たちと競争できるうれしさの方が勝っていた。

私は先生を探した。

「新記録じゃないか、おめでとう！　しかし…」

称賛とお祝いの言葉を伝える先生の表情がみるみるうちに暗くなっていった。

先生は、東京都ではサッカー、ラグビー、バレーボール、バスケットボールなどほぼすべての競技に朝鮮学校生徒のインターハイ、新人戦への参加を認めているが、陸上だけはまだインターハイ出場権だけ与えられて、他の大会出場権は与えられていないことを説明してくれた。

私はがっかりした。けれど、今思い返せばその時でさえもその「意味」をよく理解できずにいたし、もっと練習して自己記録を更新したいという決意が胸の中で膨らんでいた。

しかし、大会終了後、手渡された賞状を見て、私は大きな衝撃を受けた。その賞状には、私の名前がなかった。

種目、記録、学校、名前すら書かれていない「賞状」だった。

その下には、はっきりと「上記の競技者の成績を高く称え、この賞状を授与する」と書かれているのに！

私は、先ほど先生が話していた言葉の意味を改めて知った。高体連のみなさんが記念になればという思いで渡してくれた賞状だったけれど、こらえきれない悔しさがこみ上げてきた。震える手で賞状をにぎりしめていた私の目から、涙は流れなかった。私の名前がないことよりも、東京朝鮮中高級学校の名前が記されていないことの方がよっぽど悔しかったからだ。

朝鮮学校を認めない憤りは、日ごとに増していった。

（私がいまよりもっと良い記録を出して、必ずやウリハッキョの名をとどろかせてやる！）

私はこう自分を勇気づけながら練習に練習を重ねた。

けれども、私の練習記録は思いのほか落ちる一方だった。

（なぜ？…）

私は焦った。

（今頃、都大会決勝まったただなかなはず。私も朝鮮学校の生徒でさえなければ、あの赤いトラックに立てたのに…。やだ、私ったら、何を考えていたんだろう…）

そんなある日のことだった。

私は先生の勧めで、この日朝鮮学校を訪問した都議との懇談会に参加することになった。私は（落ち着け、落ち着け…）と何度も自分に言い聞かせながら、先日のできごとを鮮明に思い起こしながら話を進めた。

悔しさで私は涙を流し、声は詰まるばかりだった。それでも、東京中高陸上部が出場権を得るのは当然の権利だという私の主張は、都議たちに伝わったような気がした。

驚いた様子の議員らは、口々にこのような事実があることを全く知らなかったと話し、すぐにこの問題を解決すべく働きかけてくれると約束した。

数日後、私はある都議からの激励の手紙を受け取った。そこには出場権を認める方向で討議が進められているとの内容が書かれていた。

部活に打ち込む私の気持ちに、確実な変化が起き、練習記録も少しずつ伸びていった。

＊　＊　＊

10月1日、学校創立60周年記念大運動会が開かれた。

クラス代表に選ばれた私は、クラス対抗リレーに出場した。

午前の競技で私たちのクラスは、1年生6学級のうち1位と圧勝していた。

私は得点板を見た。

(リレーの学年予選1位だったから…)

その時だった。

「クラス対抗リレーの決勝戦で、必ず勝って！　絶対、お願いだから勝って！」と言いながら、のどが張り裂けんばかりに応援してくれていたクラスメートたちがどっと集まってきた。

私はこの時、クラスのみんなの熱い気持ちを全身で感じ、私たちのクラスが一つに団結しているのを確信した。

(みんなの期待に絶対に応えなきゃ！)

選手たちの気持ちも一つになった。

クラス対抗リレーの決勝は、予選を突破した高1、高2、高3の各学年1、2位のクラスが、勝負をかけることになる。わが校で最も足が速いクラスを決定する競技で、運動会の大トリでもあり、全校生の注目を浴びる競技でもあった。


競技が始まった。

私たちのクラスは、2位に位置していた。

(私が抜かなきゃ。絶対、私が！　だけど、気ばかりせいてはダメ)

一番走者である高3選手に続き、私たちのクラスの選手が私の手に力強くバトンを渡した。

その瞬間、私の本能に火がつき、1位の高3選手より私が先に足を踏み出した。私はめいっぱい駆け出した。

(地面を蹴れ！　腕を振れ！　自分のリズム！)

私は1位を確保したまま決勝選手にバトンを渡した。決勝選手の遠ざかる背中を見ながら、私は力一杯叫んだ。いつの間にか待機中の3班代表も、そして応援席のクラスメートたちも声を揃えた。

ついに私たちのクラスが1位を勝ち取った！

私たちは「マンセー！[※]」と歓声を上げ、抱き合いながら涙を流し跳びはねた。

クラス対抗リレーの決勝戦で、1年生が高2、高3を差し置いて優勝したということが、運動会の歴史上ありえなかった成果だと大喜びした。

＊　＊　＊

部活動が始まった。

運動場を4周走る訓練メニューを消化しながらも、私の頭の中には過ぎ去りし日のできごとが走馬灯のようによぎっていた。56人中4位に入ったのに、私の新記録も、私の名前も、学校の名前すらも書かれていなかった「賞状」を受け取ったその日の思い出。

出場権獲得のため、都議と話をする機会を設けてくれた学校の先生たちの努力。

私の心の声に耳を傾けてくれた都議の姿。

新たな決意をしたにもかかわらず、心とは裏腹に落ちる一方だった練習記録に焦りを感じた日々…。

次年度からの出場を約束してくれると書き綴ってくれた都議の手紙。

クラスのみんなの団結した応援、熱く切実な期待を胸に全速力で走り抜き、クラス対抗リレーで1位を勝ち取った思い出。

私は、走ることを通して、悔しさと怒りを経験し、その一方でその何倍もの大きな喜びと感動を味わった。


幼い頃から人より速く走ることに喜びを感じ、走ることが大好きになり、好きだからこそ高級部に入った時、迷いなく陸上部に入った私だった。

しかし、今ではただ記録を出すためだけに走るのではなく、周りの人たちの期待と信頼に応えるために走るべきだという「使命感」を感じるようになった。

だからだろうか、部活の練習が楽し過ぎて全く疲れない。

来年度は私の名前と記録が、そしてウリハッキョの名前が、しっかり刻まれた賞状を堂々と手にしてみせたい。

その日を胸に、私は今日も全力で走り続ける！

※マンセー：万歳

学校へ行く道

キム・ヒジョン（中大阪朝鮮初級学校初3、2018年）

「右見て、左見て、よし、わたろう」

これは、毎朝ぼくたちの通学班が、車道をわたる時に言っているかけ声です。

学校までは歩いて10分くらいだけど、車が通る道を5つもわたらなければなりません。

そんな時、ぼくたちは「右見て、左見て…」と毎回かけ声をかけるのですが、ぼくは「右見て、左見て」の次に「うしろ見て、下見て、上見て、よし、わたろう」とふざけてしまいます。

そんな時、ぼくたちの通学路の安全を見守ってくれる「見守り隊」のおばあちゃん（実はぼくのおばあちゃん）が「ヒジョン、やめなさい！」と笑いをこらえながら叱るけど、ぼくは聞こえないふりをしてずっとそれを繰り返します。

そうしていると、通学班の末っ子幼稚班のスファまで真似をして「うしろ見て、下見て」というので、みんながゲラゲラ笑います。

そうかというと、植木鉢に水をあげている日本のおばさんに会うたびに「おはようございます！」と大きな声であいさつもします。3年間いつもこうして大きな声であいさつしているので、近所でぼくたちを知らない人はいません。

黄色い服を着た日本学校の「見守り隊」のおじさんも、ぼくたちの姿を見て「日本の子たちは大きな声であいさつしないのに、何でこの子らはこんなに元気いっぱいなんだろう?」と言いながら、「おはよーさん、今日も元気でな!」と毎日温かい声をかけてくれます。

日本の人たちにほめてもらうたびに「見守り隊」のぼくのおばあちゃんは、「ほんまに、あんたらは、小さな外交官やね」と喜んでいます。

雨の日は、傘をさして「雨、雨、ふれよ」の歌を大声でうたいながら歩き、試験が近づくと「二三が六、二四が八…」と九九を覚えながらどんどん歩くので楽しさが増します。

ぼくたちの通学班は5人いて、誕生日ごとに誕生日を迎えた子のためにお祝いソングを歌い、記念撮影もします。まるで本物の兄弟のように仲良しです。

…最後の車道が現れました。

「右見て、左見て…、左に」

左に曲がって少し行くと信号があって、その信号をわたると学校があります。

(あ! 学校が見える!)

毎日見ている学校だけど、校舎が見えるとなぜかうれしくなって駆け出したくなります。

台風のせいで窓ガラスが全部割れ、雨漏りもしている学校だけど、おじいさんとお父さんが通い、今は低学年の最高学年になったぼくが通っている学校です。

大雨の日も、風の日も、いつも歌いながら、ふざけながら歩く楽しい学校への道！

朝鮮学校をつぶしてしまおうと、圧力をかける人たちがいるけれど、ぼくたちは今日も元気に前進します。

「右見て、左見て、前に、前に！」

一番明るい光

リ・チャンヨ（和歌山朝鮮初中級学校初5、2023年）

まっくらな道を歩いていく
先が見えない道を歩いていく
こわい　戻りたい
ママに会いたい

人の気配がした
何かの音がなった
ぼくの足はだんだん速くなる
もう恐怖の限界を超えていた

その時、誰かがぼくの手を引っ張った
となりを見ると

やさしく笑っている「ペア」のお兄ちゃん
真っ暗だったぼくの心が明るくなった
懐中電灯よりはるかに明るい光

やっとの思いでたどり着いたゴール
みんな集まり思ったことを発表した
長い長いキャンプの夜が終わった
来年はぼくが誰かの灯りになってあげよう
懐中電灯よりずっと明るい灯りに
一番明るい光になってあげよう

解説

佐野通夫

攻撃の対象となる子どもたち

私は、朝鮮植民地教育研究に取り組むと共に、半世紀にわたって、朝鮮学校の子どもたちの姿を見てきました。本書の子どもたちの作文・詩に接すると、なぜこの子たちはこのような理不尽な目に遭わされるのかと植民地主義を清算できない日本の現状がまざまざと浮かびます。関東大震災時の朝鮮人虐殺から百年あまり、日本の状況は何も変わっていません。なぜ在日朝鮮人が攻撃の対象となるのでしょうか。

日本国政府は国連加盟国中、朝鮮民主主義人民共和国を唯一承認していません。朝鮮の行動を名目とする差別的な人々の攻撃は、朝鮮に代わって在日朝鮮人に向けられてきました。「教室で」（１９９４年）、「父の国、母の国」（２００２年）、「お姉ちゃんの制服」（２００３年）には、そのような不条理な攻撃にさらされる子どもたちの思いが記されています。

２０２２年９月、東京・赤羽駅（東京朝鮮中高級学校生が多数乗り換えに使う駅）に「朝鮮人コロス会」という落書きがなされていました。日本人には「なんだ、落書きか」と思えるかもしれません。しかし、これを見つけた朝鮮学校に通う高3の生徒は次のように記しています。「すごい恐怖感におそわれた。誰かが本当に自分の命をねらっているのかもしれないと、その赤い文字を見てから学校に着くまでは異常なほど周りを警戒し、行き交う人すべてが敵に見えた。」

現実に関東大震災時、隣に生きていた6000人におよぶとされる朝鮮人が殺され、2009年には京都の朝鮮初級学校が襲撃されている中では、当然の恐怖です。

朝鮮学校はなぜできたか

1945年、日本の敗戦（朝鮮の解放）時、200万人いたとされる在日朝鮮人は、帰国の思いを強くしましたが、多くの制約があり、65万人が日本に残ることになりました。朝鮮人は自らの生活を守り、奪われた民族の言語を取り戻すために、自分たちの組織を作り、生活の互助を行ない、学校を作りました。本書の作文の中にも「分会」「支部」などの総聯（在日本朝鮮人総聯合会）の組織名が出てきます。これらは朝鮮人の自発的な生活互助組織です。

朝鮮学校は1945年、解放後に設立されました。日本国家は明治天皇制国家成立後、アイヌモシリ（北海道）、琉球王国（沖縄）、台湾、朝鮮を植民地とし、民族の言語の使用を禁じて日本語を強要し、文化を抹殺しました。朝鮮植民地化の進展と共に、在日朝鮮人数も増加し、日本に暮らす朝鮮の子どもたちも増えてきました。しかし、植民地期、朝鮮語による自主的な教育活動は認められず、弾圧されたのです。

朝鮮の解放によって初めて朝鮮人の自主的な教育活動が可能となり、多くの学校が作られ、2025年には創立80周年を迎えます。そこで、子どもたちの文章、またこの「解説」の中での「朝鮮人」は、朝鮮民主主義人民共和国の公民を指すより、植民地とされた朝鮮の出身者、朝鮮民族を指しています。朝鮮学校は、朝鮮民主主義人民共和国の学制とは異なり、日本の学制に合わせていますが、各種学校として扱われるので、小学校等ではなく初等学校等という名前です。

三度の弾圧

しかし、朝鮮学校ができてから今日にいたる道のりは決してたやすいものではありませんでした。制度的な保障がないだけでなく、それをつぶそうとする三度の大きな弾圧があったのです。本書所収の年表にも見ることができるように、①1948年の4・24教育闘争をピークとする解放直後の弾圧、②1965年の日韓条約をきっかけとした文部事務次官通達と外国人学校法案による弾圧、そして③2010年からの「高校無償化」排除を契機とする弾圧です。

①の時期には、学校閉鎖が命じられ、現実に警察力によって校舎が封鎖・没収されました。

②の時期には、朝鮮学校を正規の学校どころか、各種学校としても認可するなという文部次官通達が出されました。しかし、在日朝鮮人の生活の場である各地の自治体は、1975年ま

でにすべての朝鮮学校を各種学校として認可します。このため、外国人学校の認可権を都道府県知事から文部大臣に移そうとする外国人学校法案が七度国会に上程されましたが、成立しませんでした。

この時期、朝鮮学校は社会的に認められるようになりました。朝鮮学校を設置するすべての自治体が朝鮮学校に補助金を支出するようになったのです（国庫からの補助金はありません）。1994年には通学定期の対象となり、1991年全国高等学校野球連盟、1994年全国高等学校体育連盟、1997年全国中学校体育連盟に加盟が認められ、全国大会に出場できるようになりました。スポーツからも外された悲しみを、「名前のない『賞状』」（2006年）に見ることができます。そのような朝鮮人を認める社会が作られていく中で、1994年の「教室で」のようにヘイトクライムもなされています。

「高校無償化」と新たな差別

2002年9月17日、日朝平壌宣言が発表され、「在日朝鮮人の地位に関する問題……については、国交正常化交渉において誠実に協議すること」とされました。本宣言は現在も日本外務省のHPに掲載される有効な外交文書です。にもかかわらず、日本国内では「拉致問題」を名目として激しい朝鮮たたきがなされます。この朝鮮たたきの中心は、2006年に首相となった安倍晋三でした。

民主党政権下で２０１０年に施行された「高校無償化」は、「外国人学校」とその他の日本に存在する高校等とを平等に扱う初めての画期的な制度でした。しかし、２０１２年、安倍晋三が首相に返り咲くと、直ちに朝鮮学校「無償化」排除の方針を打ち出し、２０２４年現在、42校の外国人学校が対象となっているにもかかわらず、朝鮮高校10校のみが排除されています。「高校無償化」から朝鮮学校排除が明らかとなった２０１３年1月から、大阪、愛知、広島、福岡、東京の全国５ヶ所で朝鮮学園や生徒が原告となった裁判闘争が闘われました。裁判闘争では大阪地裁の全面勝訴判決を得ましたが、最終的には最高裁で朝鮮学校側の敗訴となりました（２０２１年）。

「高校無償化」から朝鮮学校排除につながって、東京、大阪など、②の時期に獲得された自治体の補助金を停止、削減する首長が現れました。これを後押しするように文科省は２０１６年3月29日、「朝鮮学校に係る補助金交付に関する留意点について」という文科大臣通知を朝鮮学校が所在する28都道府県に発出します。留意点と言いますが、実質は支給を再検討しろ（止めろ）という内容です。この通知以後、５県が補助金を停止し、２０２４年現在、14都府県の補助金が停止されています。

２０１９年には消費税増税に伴い「幼保無償化」制度が実施されました。前年２０１８年12月28日、関係閣僚会合は各種学校認可を受けた外国人学校の幼稚部を「無償化」の対象から除外しました。さまざまな批判と要求から、２０２１年度、文科省は「地域における小学校就学前の子どもを対象とした多様な集団活動事業の利用支援」の制度を設けました。しかし、居住する市区町村が必要と認めなければ支給対象とならないことから、同じ朝鮮幼稚園に通う子どもでも居住地により支援の対象にならないという不平等で問題の多い制度です。

互いの真の姿を

本書に収められた子どもたちの作文と詩からは、朝鮮人の真の生きざまを読み取ることができます。ここには、ほほえましくもたくましく生きる子どもたちの日常が描かれています。

ここで書き切れなかった情報は、『朝鮮学校物語——あなたのとなりの「もうひとつの学校」』(『朝鮮学校物語』日本版編集委員会編、花伝社、2015年)、『高校無償化問題が問いかけるもの——朝鮮学校物語2』(朝鮮学校「無償化」排除に反対する連絡会記録編集委員会編、同、2023年)を見てください。子どもたちの思いを知る参考になります。これらの本には、さらに知るための「図書案内」も付いています。

また、子どもたちの思いを直接原文で読んでみたいという人は、朝鮮新報社(FAX:03—6822—9606、メール:toso@korea-np.co.jp)に韓国版コッソンイを注文することができます。

年表

年	朝鮮学校関連運動	背景、関連情勢	朝鮮学校関連	その他の問題
1945	朝鮮学校黎明期 1945-1947	日本敗戦、朝鮮解放（8・15）	解放直後から日本各地で朝鮮人による自主的な教育が国語講習所の形式で始まる	
		解放当時、在日朝鮮人の人口は約200万人、約60万人が日本に滞在する		
		10・15 在日本朝鮮人連盟（朝連）結成		
1946		10・3 在日本朝鮮居留民団（民団）結成	4月 〈国語講習所〉などを3年制小学校に編成	
			9月 小学校6年制に再編成	
			10月 東京で日本全国で初めて中学校設立	
			全国で運営された朝鮮学校数は500校を超える	
1947		5・3 日本国憲法施行		
1948	学校閉鎖令との闘争 1948-1951	4・3 済州4・3事件	1・24 文部省、「朝鮮人子弟も日本の小、中学校に行かなければならない」という地方自治体に対する通達。各地で朝鮮学校強制閉鎖の動きが始まる	
		8・15 大韓民国成立 民団〈在日本大韓民国居留民団〉に改称	4・24 兵庫県庁に大規模抗議行動、県知事閉鎖令を撤回。その夜、米軍が神戸基地管轄地域内に「非常事態宣言」発令。知事の撤回決定が「無効」に。約1900名の朝鮮人逮捕	

1948			1949	1950	1951	1952	1953	1955	1956
学校閉鎖令との闘争 1948-1951						学校再建、再整備期。〈各種学校〉〈準学校法人〉認可を獲得する闘争 1952-1975			
9・9 朝鮮民主主義人民共和国成立			9・8 朝連強制解散、財産没収	6・25 朝鮮戦争勃発	1・9 在日朝鮮統一民主戦線（民戦）結成	4・28 サンフランシスコ講和条約発効	7・27 朝鮮戦争休戦協定締結	5・25 在日本朝鮮人総聯合会結成（民戦は〈発展的解散〉）	
4・26 大阪府庁舎前で行なわれた学校閉鎖令撤回を要求する集会で警察が発砲。16歳のキム・テイル少年が死亡	5・3 朝鮮学校代表は文科大臣に会って交渉。民族教育に一定の制限を甘受しながらも学校存続を約束する覚書調印（5・5）	10月 東京で日本全国で初めて高校設立（東京朝鮮中学校に併設）	10・19、11・4 日本政府学校閉鎖令。367校（4万0593名在籍）が強制閉鎖	愛知朝鮮第1初級学校に幼稚班併設。幼児教育開始			2・11 文部省、講和条約発効後、日本国籍がなくなった朝鮮人は日本学校で受け入れる義務はなくなったので、日本法令遵守を条件に事情が許容される範囲内で入学を許可しろと通達		4・10 朝鮮大学校設立（東京）
						4・19 植民地期強要した日本国籍について日本講和条約が発効する4月28日で一律に「喪失」するという法務府通達			

1957	1959	1965	1966	1968	1968	1970	1971	1979
学校再建、再整備期。〈各種学校〉〈準学校法人〉認可を獲得する闘争 1952-1975								
			〈外国人学校法案〉反対闘争（1966-1968）					
4・8 朝鮮民主主義人民共和国から教育援助費と奨学金が送られる（その後今日まで約５００億円）		6月 日韓基本条約調印、在日韓国人法的地位協定の調印					7・4 南北共同声明	9・21 日本で国際人規約（社会権規約、自由権規約）発効
		12・28 文部省、〈学校教育法〉上の〈1条校〉（正規学校）どころか〈各種学校〉（自動車教習所等が該当）の認可さえ阻止するよう認可権を持つ都道府県知事らに指示し、同時に日本学校の一部で行なわれていた民族学級などの閉鎖を狙う2つの事務次官通達	外国人学校に対する弾圧装置として〈外国人学校法〉策定（あるいはそのような条項を加筆した学校教育法改正）を狙う動き開始	4・17 朝鮮大学校が東京都から「各種学校」認可を勝ち取った。70年代にはすべての朝鮮学校が該当自治体（都道府県）知事から〈各種学校〉認可を受けることになる。	〈外国人学校法〉案廃案	12月 東京都、〈私立学校教職員研修費〉支給開始。以後、朝鮮学校に対する各自治体からの助成金支給の動き拡散		
	11・1 国民年金制度、日本国籍でない者を除いて施行		1・17 日韓法的地位協定により在日朝鮮人の中で韓国の在外国民登録をした人だけに永住資格を与える〈協定永住〉申請受付を開始（71・1・16まで）					

処遇改善前進期
1976-2009

各自治体から補助金を獲得する運動（1970-2009）

JR 定期券割引率差別撤廃闘争（1987-1994）

高体連主催体育大会参加資格獲得闘争（1990-1994）

年			
1982	1・1　日本における難民保護条約発効		1・1　国民年金制度、〈国籍条項〉がなくなり、外国籍者も加入することになる
1987			3月　日産車体、ウトロの土地を一般住民が知らない間に売却
1989		日本国会で〈パチンコ献金疑惑〉キャンペーンが行なわれ、さらには朝鮮学校が反日教育をしているという質疑応答まで出てくる中で朝鮮学校の学生に対する暴行、暴言事件が頻発（48件、64人が被害）	2月　ウトロ住民を相手にした土地裁判開始（2・2提訴）
1989		6月　NHK全国学校音楽コンクールに朝鮮学校生が参加できるようになる	
1990		大阪高等学校体育連盟、大阪朝高女子バレーボール部の大会出場を一度認めたが、一次予選通過後、出場認定は間違っていたと、以後の試合出場を拒否する事件発生	
1991	1・10　〈日韓覚書〉署名	3月　全国高等学校野球連盟、外国人学校の高校野球大会参加認定	1・31　鄭商根さんが戦争負傷者に対する〈援護法〉の外国籍者排除について提訴（2001年最高裁判所で敗訴決定）
1991			3・22　〈日韓覚書〉に基づいて文部省教育助成局長通達が出る。公立学校で外国籍者の教員採用を認める。ただし、〈常勤講師〉として採用という条件付き、既に〈教諭〉として採用していた自治体では後退となる

	1992	1993	1994	1995
処遇改善前進期 1976-2009				
各自治体から補助金を獲得する運動（1970-2009）				
JR定期券割引率差別撤廃闘争（1987-1994）				
高体連主催体育大会参加資格獲得闘争（1990-1994）				
		民団〈在日本大韓民国民団〉に改称 8・4 〈慰安婦〉に関する日本軍の関与を認めた河野官房長官談話発表	5・22 日本における子どもの権利条約の発効	
	10月 日本弁護士連合会（日弁連）が、「人権侵害」として全国高等学校体育連盟（高体連）問題に対する是正勧告	5・20 高体連、〈専修学校〉〈各種学校〉にも門戸開放することで朝鮮学校にも全国高等学校総合体育大会（インターハイ）参加認定	4月 各地のJR、国鉄時代からしてきた通学定期券割引率差別を是正 4・7 日本全国で朝鮮学校学生に対する暴行、暴言事件の頻発（約１６０件、その事件中検挙されたのは3件、有罪1件のみ）。増えた核開発疑惑報道が影響 7月 インターハイに朝高選手（ボクシング部12人）が初出場	6・22 日本サッカー協会、96年度から全国高等学校サッカー選手権大会への〈専修学校〉〈各種学校〉の参加を認めることで朝鮮学校学生が出場できるようになる
11・1 〈入管特例法〉発効。植民地統治下で日本に渡ってきた人とその子孫を〈特別永住者〉として永住資格を付与することになる	8・13 石成基、陳石一さんが戦争負傷者に対する〈援護法〉の外国籍者排除について提訴（２００１年最高裁判所で敗訴決定）	4・5 日本軍〈慰安婦〉被害者宋神道さんが提訴（２００３年最高裁判所で敗訴決定）		

処遇改善前進期
1976-2009

各自治体から補助金を獲得する運動（1970-2009）

大学受験資格認定を求める運動（1994-2003）

年	事項	事項	事項
1996	1・14 日本で人種差別撤廃条約発効	3・8 日本中学校体育連盟（中体連）、97年度から全国中学校体育大会に朝鮮学校をはじめとする外国人学校生の参加を認める決定	
1998	8・31 朝鮮のミサイル発射試験。日本上空（宇宙空間）を通過	2月 朝鮮学校の上級学校入学試験や公的資格試験の受験資格、助成金に関して日弁連が差別是正勧告	
		6月 国連子どもの権利委員会、日本政府に受験資格等処遇差別是正を勧告	
		8月 京都大学大学院理学研究科、朝鮮大学校卒業生の受験を認める（理学研究科の後、教育学研究科、経済学研究科、文学研究科、法学研究科、人間・環境研究科が門戸開放）	
		9月 朝鮮大学校卒業生、京都大学大学院理学研究科に合格	
		朝鮮学校の学生に対する暴行、暴言事件が頻発（57件）	
		11月 国連自由権規約委員会、朝鮮学校を学校認定しない問題をはじめとする在日同胞に対する差別事例に懸念を表明	
1999		1月 九州大学大学院比較社会文化研究科、朝鮮大学校卒業生の受験を認める	
		7・8 外国人大学の卒業生に対する大学院入学資格の弾力化（大学院の自主的判断に任せる）。〈大学入学資格検定〉（現在は〈高等学校卒業程度認定試験〉）の受験資格が緩和され、外国人中学校卒業資格で検定試験を受験できるようになる	
2000	4・9 石原東京都知事〈第三国人〉妄言		10・14 ウトロ土地裁判 すべての住民の敗訴決定（最高裁判所上告棄却）
	6・15 南北共同声明		

	2001	2002	2003
時期	処遇改善前進期 1976-2009		
運動	各自治体から補助金を獲得する運動（1970-2009）		
運動	大学受験資格認定を求める運動（1994-2003）		
上段		9・17　日朝首脳会談で〈平壌宣言〉署名。朝鮮が日本人拉致事件を認める	
下段	3・20　国連人種差別撤廃委員会が日本政府に大学受験資格差別、チマチョゴリ事件等に関する勧告 8・31　国連社会権規約委員会が日本政府に大学受験資格、公的助成金に関する差別是正を勧告	朝鮮学校生徒に対する暴行、暴言事件が頻発。東京を含む関東地方で行なわれた弁護士たちの調査によると、9月17日以降6ヶ月間で522人（19・3％）の生徒が被害を受けたという。大阪で行なわれた弁護士らの調査によると、9月17日以降8ヶ月間で416人（23・5％）の学生が被害を受けたという	3・6　文部科学省（文科省）がインターナショナルスクールだけの大学入学（受験）資格を認め、他の外国人学校には引き続き認めないという方針を表明 3・28　文科省は批判世論に押され、上記の方針を見直す 9・19　大学入学資格弾力化措置（文部科学省令等改正）。他の外国人学校は日本政府として大学入学資格を認めて受験できるようにした一方で、朝鮮学校は各大学が個別審査して判断するという内容。ただし結果的に国立大学をはじめとしてほとんどの大学で入学資格を認定し、受験できるようになる 12・15　東京都（石原慎太郎知事）、在日朝鮮人が植民地期強制移住させられた枝川地域にある東京朝鮮第2初級学校が「不法占拠」だとして土地返還を要求する訴訟を起こした

	2004	2005	2006	2007	2008
時期	処遇改善前進期 1976-2009				
運動	各自治体から補助金を得るための運動（1970-2009）				
	枝川土地裁判闘争（2003.12-2007）				
	国家資格試験の受験資格を求める運動（2004-2005）				
				10・4 南北共同声明・在外同胞問題南北共同対応明記（第8項）	
	1・30 国連子どもの権利委員会 入学資格問題でまだ問題が残っていること、民族的少数者の子どもたちに自分の言語で教育を受ける機会が制限されていることなどに懸念を示し、是正を勧告	1・26 社会保険労務士資格試験受験が、朝鮮大学校卒業生にも認められるようになる	9、10月 兵庫県で開かれた〈国民体育大会〉に朝鮮学校学生も初めて参加（この年から学校教育法上の1条校に通わなくても永住資格を持っている外国人は参加できるようになる）	3・8 枝川裁判勝利的和解（歴史的な経緯を考慮した安い価格で土地を購入することになる）	3・24 日弁連、朝鮮学校や中国学校への寄付金に対する税制上の差別、助成金格差の是正を勧告
	8・16 法務省令改正により朝鮮大学校卒業生が司法試験（以前の試験制度）の一次試験の免除対象となる道が開かれる	5・19 朝鮮大学校経営学部4年生に国税庁国税審議会が税理士試験受験資格認定通知書を出す			10・30 国連自由権規約委員会、朝鮮学校への助成金、寄付金税制、大学入学資格差別是正を勧告
	10・7 法務省司法試験委員会の資格審査を通じて、朝大卒業生の申請者の一次試験免除を初めて決定				
	12・15 東京都、朝鮮大学校保育科（2年制）をはじめとする在学生にも卒業年度であれば、在学中に卒業予定者として保育士試験の受験を認めるという通知を全国保育士養成協議会会長宛に出す				

年	運動	出来事
2009		9・16 〈高校無償化制度〉実現を公約した民主党政権発足
		12・4 在日特権を許さない市民の会（在特会）、京都朝鮮第1初級学校を襲撃（門前でヘイトデモ、設備破壊）。この後、翌年3月28日まで3回にわたりヘイトデモ
		12・21 京都朝鮮学園、襲撃犯の一部を名誉毀損で刑事告訴
2010	少なくない自治体で起こった補助金停止措置反対闘争 2010- 〈高校無償化〉排除に対する反対闘争（2010-）	3・16 国連人種差別撤廃委員会、朝鮮学校等に助成金、税制上優遇措置に関する差別的取り扱いと〈高校無償化〉制度における朝鮮学校排除を主張する政治家の存在に懸念を示し、是正を勧告
		4・1 〈高校無償化〉制度、朝鮮学校を留保状態にしながら施行
		4・14 在特会、朝鮮学校支援をしている徳島県教職員組合事務所を襲撃
		4・21 徳島県教職員組合と書記長、襲撃犯の一部を名誉毀損で刑事告訴
		6・11 国連子どもの権利委員会 日本政府に助成金、受験資格など処遇差別是正を勧告
		7・22 京都事件で京都朝鮮学園は提訴（民事訴訟も開始）
		8・10 京都事件で京都府警察本部が在特会メンバー4人を威力業務妨害罪容疑などで逮捕
		9・8 徳島事件で徳島警察本部が威力業務妨害で7人を逮捕
		11・5 朝鮮学校の「無償化」適用可否を審査するための審査基準発表。審査開始
		11・24 東京都、朝鮮学校に対する〈私立外国人学校教育運営費補助金〉停止を発表。地方自治体の補助金停止が日本各地に広がる

年	日本社会の動き	朝鮮学校関連
2010		12・1 徳島事件被告3人に懲役8ヶ月～2年、いずれも執行猶予3～5年の判決
2011	3・11 東日本大震災。宮城県、福島県、茨城県にある学校が被害を受けた	4・21 京都事件被告4人に懲役1～2年、いずれも執行猶予4年の判決
2012	12・26 自民党政権復活（第2次安倍政権発足）	1・13 朝鮮大学校生の社会福祉士の受験資格上の差別を是正する施行規則（厚生労働省令）改正（4・1施行）
		9・20 大阪朝鮮学園、補助金停止問題で大阪府と大阪市を提訴
		12・28 下村文部科学大臣記者会見で朝鮮学校「無償化」排除方針発表
2013		1・24 大阪、愛知の朝鮮学校が〈高校無償化〉除外は違法だと提訴
		2・20 適用審査の根拠規定を〈高校無償化〉施行規則（文部科学省令）から排除
		2・20 文部科学省が東京朝鮮学園をはじめとする高級部がある10の朝鮮学園に不指定通知発送
		5・17 国連社会権規約委員会、〈高校無償化〉制度から朝鮮学校を排除することは「差別」であるとして制度適用を勧告
		8・1 広島で〈高校無償化〉裁判の提訴
		10・7 京都地方裁判所、京都事件民事訴訟で在特会に1226万円の賠償と半径200m以内の街頭宣伝禁止を命じる判決
		12・19 九州で〈高校無償化〉裁判の提訴
2014		2・17 東京で〈高校無償化〉裁判の提訴
		7・8 大阪高等裁判所、京都事件民事訴訟で在特会の控訴棄却

少なくない自治体で起こった補助金停止措置反対闘争 2010-

〈高校無償化〉排除に対する反対闘争（2010-）

〈高校無償化〉裁判闘争（2013-2021）

少なくない自治体で起こった補助金停止措置反対闘争
2010-

〈高校無償化〉排除に対する反対闘争（2010-）

〈高校無償化〉裁判闘争（2013-2021）

2014

- 8・29　国連人種差別撤廃委員会、〈高校無償化〉制度における排除と地方自治体の補助金停止措置は教育権侵害であると懸念を表明して是正を勧告
- 12・9　最高裁判所、京都事件民事訴訟で在特会の上告を棄却。賠償確定

2017

- 1・26　補助金裁判第一審（大阪地方裁判所）で大阪朝鮮学園敗訴
- 7・19　広島〈高校無償化〉裁判広島地方裁判所で不当判決
- 7・28　大阪〈高校無償化〉裁判大阪地方裁判所で全面勝訴判決
- 9・13　東京〈高校無償化〉裁判東京地方裁判所で不当判決

2018

- 3・20　大阪高等裁判所、補助金裁判で大阪朝鮮学園の控訴棄却
- 4・27　愛知〈高校無償化〉裁判名古屋地方裁判所で不当判決
- 6・28　朝鮮に修学旅行した神戸朝高生お土産没収事件（関西空港）。抗議の声が高まり、後日返還
- 8・30　国連人種差別撤廃委員会、〈高校無償化〉制度からの排除に懸念を示し是正を勧告
- 9・27　大阪〈高校無償化〉裁判大阪高等裁判所で不当判決
- 10・30　東京〈高校無償化〉裁判　東京高等裁判所で不当判決
- 11・28　最高裁判所、補助金裁判で大阪朝鮮学園の上告棄却

2019

- 2・7　国連子どもの権利委員会〈高校無償化〉制度からの排除と大学受験資格で差別がないよう勧告

年	出来事
2019	3・14 九州〈高校無償化〉裁判福岡地方裁判所で不当判決
	8・27 最高裁判所が東京及び大阪〈高校無償化〉裁判上告を棄却
	10月 幼稚園、保育園無償化〈幼保無償化〉制度から朝鮮幼稚園をはじめ多くの外国人幼稚園が〈各種学校〉認可を受けているという「理由」で除外
	10・3 愛知〈高校無償化〉裁判名古屋高等裁判所で不当判決
2020	5・19 コロナ禍で収入が減少している大学生に対する支援措置である〈学生支援緊急給付金〉制度を実施する閣議決定。朝鮮大学校は除外
	9・2 最高裁判所が愛知〈高校無償化〉裁判上告を棄却
	10・16 広島〈高校無償化〉裁判 広島高等裁判所で不当判決
	10・30 九州〈高校無償化〉裁判福岡高等裁判所で不当判決
2021	5・27 最高裁判所が九州〈高校無償化〉裁判上告を棄却
	7・27 最高裁判所が広島〈高校無償化〉裁判上告を棄却
	幼保無償化制度から除外された幼稚園類似施設にも幼保無償化制度に準じた「新たな支援策」が実施されることで多くの朝鮮幼稚園（幼稚班）園児が無償化対象となる
2022	11・30 国連自由権規約委員会、在日朝鮮人が利用すべき複数の支援プログラム（高校無償化、幼保無償化などを指す）から除外している障壁をなくすよう勧告
2023	4・1 こども基本法施行

少なくない自治体で起こった補助金停止措置反対闘争 2010-

〈高校無償化〉排除に対する反対闘争（2010-）

〈高校無償化〉裁判闘争（2013-2021）

〈幼保無償化〉のための闘争（2020-）

『コッソンイ』日本語版編集委員会
訳：キム・ユンスン
年表作成：キム・トンハク、佐野通夫

〈扉掲載作品／在日朝鮮学生美術展受賞作品より〉

1	現実を生きる	「日本」チョン・スンヒョン（東京中高中 3）
2	私たちの学校	「帰り道」キム・シウ（東京第 5 中 3）
3	民族の誇りを胸に	「宝物」ホン・ヒウォル（西東京第 1 中 3）
4	祖国統一という悲願	「その日が来れば」リ・ミナ（神戸朝高高 2）
5	未来に向かって	「正面突破」コ・スンギ（東京第 1 中 3）

カバー写真：四日市朝鮮初中級学校／朝鮮新報社提供

コッソンイ——朝鮮学校児童・生徒たちの詩と作文集

2024年10月25日　初版第 1 刷発行

編者 ——『コッソンイ』日本語版編集委員会
発行者 ——平田　勝
発行 ——花伝社
発売 ——共栄書房
〒101-0065　東京都千代田区西神田2-5-11出版輸送ビル2F
電話　03-3263-3813
FAX　03-3239-8272
E-mail　info@kadensha.net
URL　https://www.kadensha.net
振替 ——00140-6-59661
装幀 ——生沼伸子
印刷・製本—中央精版印刷株式会社

ISBN978-4-7634-2140-1 C0036